格帝亞少女
Goetia
純血烙印
04

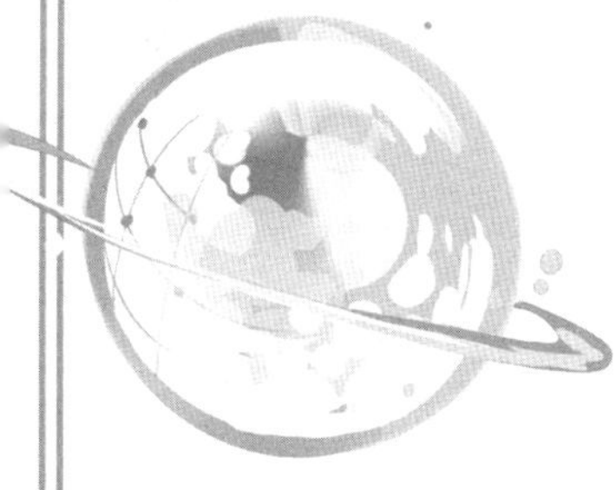

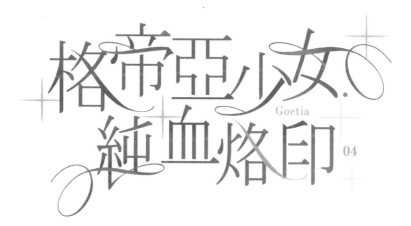

暮雨
年齡：二十一歲。
個性：魔鬼上司，眼神銳利，總是一副生人勿近的樣子。
身分：時空管理局第二分局武裝科科長。
烙印：右手腕內側。沒有影子。
白火
年齡：十八歲。
個性：溫厚老實，卻很常在心裡吐槽他人。
身分：時空迷子。
烙印：左手手背上。沒有影子。

艾米爾・沃森

年齡：十六歲。
個性：溫和的模範生，實則是勞碌命、意外的毒舌。
身分：時空管理局第二分局鑑識科科員。
烙印：右手手背上。沒有影子。

安赫爾・布瑟斯

年齡：二十六歲。
個性：吊兒郎當，玩世不恭，唯恐天下不亂的享樂主義者。
身分：時空管理局第二分局局長。
烙印：右眼眼瞼下方，延伸到上眼皮。沒有影子。

諾瓦爾

年齡：二十五歲。
個性：輕浮、帶有危險氛圍的神秘青年，擁有一雙邪魅的貓眼。
身分：ＡＥＦ成員。
烙印：頸部。有影子。

陸昂

年齡：二十二歲。
個性：給人狡猾狐狸印象的青年，笑裡藏刀，心狠手辣。
身分：ＡＥＦ成員。
烙印：右手手背上。有影子。

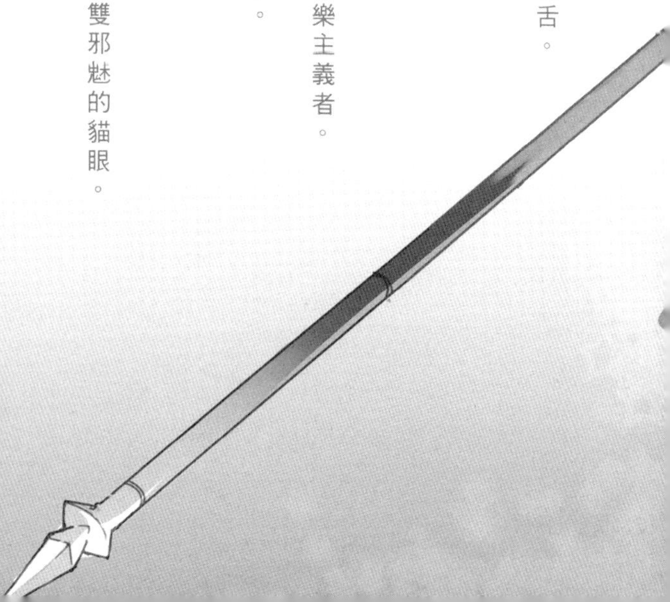

路卡・伯恩

年齡：二十二歲。
個性：充滿正義感，為數稀少的正常人。總是被整的可憐蟲。
身分：時空管理局第二分局武裝科科員。
烙印：左手臂。沒有影子。

該隱

年齡：二十四歲。
個性：容貌出眾的俊美青年，好女色，自稱維持著「動態單身」。
身分：時空管理局第二分局武裝科科員。
烙印：右手手心。沒有影子。

百里

年齡：外貌年齡十六歲，實則不詳。
個性：沉穩，和藹可親的長者。
身分：時空管理局第二分局醫療科科員。異邦人。安赫爾的老師。
烙印：無。有影子。

櫻草

年齡：十三歲。
個性：脾氣火爆，性格彆扭，卻意外會照顧人。
身分：不詳。
烙印：無。有影子。

榭絲卡

年齡：二十三歲。
個性：性感神秘的蛇蠍美人，以玩弄男人為樂。
身分：AEF成員。
烙印：右大腿外側。有影子。

約書亞

年齡：二十五歲。
個性：溫柔善良，滿溢著慈悲的美青年。
身分：時空管理局第二分局新任武裝科科長。
烙印：心臟。沒有影子。

尼歐・哈比森

年齡：十六歲。
個性：不帶情緒起伏，聽命行事。
身分：AEF成員。
烙印：無。有影子。

溫斯頓・沃森

年齡：不詳。
個性：冷靜沉著，講求理性，行事作風穩健。
身分：時空管理特別情報部門首腦。
烙印：無。有影子。

Contents

楔子 白色的火焰

「我是……白色的火焰。」

從四面八方而來的巨大風壓阻斷兩人的聽覺，粉塵肆虐，她仍咬緊牙關，奮力抓住他的手。

須臾，強風灌入兩人十指交扣的掌心，交疊的指縫被吹了開來，「刷」一聲，從他指尖傳來的最後一絲溫暖也離他而去。

她的身形逐漸化為一粒小點，消失在深紫色的深淵中。

那無盡的深淵映照著現在、過去，以及未來。

「我是白火，只要你抬頭看見太陽，就會想起我的名字。」

耳邊至今仍停留著那道聲音，稚嫩細弱到彷彿玻璃般易碎的嗓音。

「——同樣的，每當下雨時我也會想起你……我們一定會再相見。」

01 未來人・櫻草

【時間：3000C.E. ／地點：時空管理局第二分局】

艾米爾和醫療科科員同心協力將躺有傷患的擔架推入手術室。

時空管理局鑑識科主要負責預測時空裂縫的出沒時段，巡察不時出現在宇宙的時空裂縫以利及時救援迷子。時空裂縫出現的頻率與場所不一，當然也會在宇宙中成形，負責外勤的鑑識科科員往返宇宙觀測站也是習以為常之事。

「百里醫生，麻煩您了。」

撇開近期隨機出現的人造時空裂縫不談，只要能成功探測「天然」時空裂縫的出現時機，基本上都能成功救援遇難者。艾米爾平日的工作就是接獲預測情報後，往返相關單位的宇宙觀測站以及管理局，將成功搭救的迷子與碎片送回局裡。

成功救出迷子後，鑑識科會鑑別出時空裂縫的年代，並找出該裂縫的出現週期，好讓迷子回歸正常時空。

「迷子脫離裂縫時就已經昏迷，目前正在鑑定時空裂縫的年代，百里醫生。」

「咱明白了。」

今日也是照舊，艾米爾將昏過去的迷子轉交給醫療科相關單位。醫療科首先會檢查遇難者的健康狀態，若是有必要的話，也會當場進行「記憶修改」。

「哎呀，這可真是稀奇了。」一名為百里的女性醫生身穿醫療科白袍，口罩上方的一雙眼睛稍稍瞠大。她帶有特殊語調的低沉嗓音透過醫療口罩傳了出來。

「怎麼了嗎，百里醫生？」

「這孩子身體植著晶片呀，最新型的。」

百里醫生指了指自己的後頸——科技高速發展後，為因應語言隔閡的問題，大多數的人都會在身體發育到一定程度的青少年時期植入類似語言翻譯器的微型晶片。

百里是聽見醫療儀器傳來特殊反應，才發覺這次送來的迷子有些不對勁，異狀顯示在頸部周邊，循線調查下來才發現竟然卡了塊微小到肉眼難以發現的無機物。

同時間，鑑識科的內勤部也傳來了訊息，已經探測出本次時空裂縫的年代了。

艾米爾收到鑑識科傳來的資料後，不敢置信的半張著嘴。他無暇顧及手續及科別差異，將手邊的最新資料直接交給了百里醫生參考。等待百里醫生粗略的將手機螢幕上的資料讀入腦內後，艾米爾驚問：「百里醫生，這是……」

「是呀，咱也是鮮少瞧見。」

百里眨眨酒紅色的瞳孔。

「這迷子小姑娘——是來自 3005C.E. 的未來人呢。」

★※★◎★※★

撇除重大事件與集體外勤等狀況，時空管理局武裝科每日都會舉行小型晨會。

白火今早也站在小型會議室的一隅，聆聽武裝科科長大略交代本日的工作內容，以及轉達近日局內事務等概況。

武裝科為時空管理局最具爭議性的特殊部門，科員數量稀少，會議室大小同樣占不了多少空間。

站在會議室講臺上的自然是武裝科科長——然而，並不是科員們熟知的暮雨。

「那麼，以上為本日的注意事項，今天也麻煩大家了。解散。」留有白金色柔順中長髮的纖瘦青年站在講臺上，稍稍向大家敬了個禮。青年抬起頭來，彎起清透的紅色瞳眸，露出和善無害的笑容。

明明只是一如往常的普通晨會，白火仍不安的繃緊神經——不只是她，幾乎所有武裝科科員都板著一張臉，以夾帶警戒與狐疑的眼神打量著講臺上的青年。

眼前的青年名為約書亞．托費勒。是在歷經前次掃蕩時空竊賊的作戰失敗、暮雨科長被迫降職後，隨即上任的新任武裝科科長。

「路卡，今天也一起好好加油吧。」散會後，白火一邊走向會議室的出口，向身旁的路卡鼓舞道。

路卡瞇起雙眼，照常埋怨了起來：「果然還是看不慣啊……那個空降科長。」

「別這麼說嘛，既然是新任科長，就好好配合吧。況且他也不像壞人不是嗎？」

「確實抓不到什麼馬腳，對科員也挺友善的……但我還是不想承認那個空降科長，妳不也覺得這種處置方式很蠻橫無理嗎，白火？」這顯然不是能在大庭廣眾下談論的話題，路卡把白火抓到一旁角落，低聲發出牢騷。

路卡抱持的不滿顯然和所有武裝科科員相同——也就是暮雨的降職。

前陣子的森林作戰失敗後，暮雨被迫扛上所有責任，在世界政府的施壓下辭掉科長職位，降轉為一般科員。不僅如此，似乎為了清算責任等內部理由，以及等待風口浪尖散去，暮雨甚至被禁止出勤一個月作為反省處分。

這段時間誰也沒在管理局裡見過暮雨的影子，連身為親屬的安赫爾都不肯鬆口透露當事人的下落。如此代罪羔羊的處置引起管理局一陣撻伐，導致局內目前呈現一面倒的反對世界政府的不滿聲浪。

至於繼任的科長約書亞，其身分同樣讓科員們滿腹疑問。

約書亞是由第一星都調動過來的武裝科科員，根據目前為止的資歷，似乎也有過短暫調動到其他單位的紀錄。暮雨遭受處分後，新任科長應該是從武裝科內部進行篩選才對，然而管理局卻直接指派了生態截然不同的其他分局成員。路卡口中戲稱的「空降科長」自然有一定的道理在。

管理局之所以會順從世界政府——也就是代表發言人特情部會議上的提議，使約書亞就任於此，必定和世界政府的施壓有關聯，至少管理局的局員們都如此推測。

然而，自從暮雨的處分生效後已經過了一段時日，新任科長約書亞無論是行為談吐或是工作態度，都找不到絲毫破綻。加上約書亞那端莊俊美過了頭、甚至可說是不合常理的優秀容貌，光是和這位新任科長對上眼，就足以讓人自慚形穢。

約書亞究竟是何方神聖？身為一般科員的白火和路卡自然也無法越權去調查對方的底細。

白火無法否認，她在約書亞正式來到局裡之前就和對方有一定交情，約書亞對她也有幾次救助之恩。如今成為了職場的夥伴，她實在沒有打算去追問當中的複雜糾葛。

「暮雨科長到底去哪裡了啊……」一面走回辦公室後，白火拉開自己的辦公椅，有氣無力的坐了下來。

暮雨科長，明明對方早就不是科長了，她還是改不掉這個稱呼——應該說整個武裝科沒人想接受科長換人的事實。

「明明科長在懲處生效前還特地跑來武裝科，現在卻沒任何消息……該不會是被世界政府的人抓去埋了吧？」辦公桌隔壁的路卡也一臉栽進文件裡。

「被抓去埋……也不是不可能。」只是這位前任的魔鬼科長可能會在這之前把對方滅了就是。

暮雨在行蹤不明前曾特地來到武裝科，要求所有科員務必要保持公正的態度，撇開成見與私情，服從新任科長——也就是約書亞的命令。魔鬼科長就算被奪去了職位仍然不失氣勢，科員們點頭如搗蒜，依舊將他的話視為聖旨，持續放在心中。

這也是為什麼空降科長約書亞上任好一陣子後，儘管科員們無法認同，卻也沒有傳出抗議行動的緣故。武裝科科員們都極為遵從暮雨留下來的指示。

暮雨的用心良苦讓白火更加尊敬這位前任科長了，平時那慘無人道的行事作風竟然還能讓科員們死心塌地的追隨他，看來不是這人天生散發著過頭的領袖風範，就是純粹底下養了一群被虐狂。白火也是其中一位。

——所以說這位人望深厚的前任魔鬼科長到底是去哪啦？房間鎖住，敲門沒回應，手機也是萬年關機狀態。與其說是懲處禁閉，根本和人間蒸發沒兩樣。該不會真的被世界政府抓去沉到某個港灣裡了？

至於身為暮雨的頭號粉絲、同時還是「暮雨科長永恆 LOVE 後援會」會長兼公關兼榮譽會員的雪莉更不在話下，她目前因相思病造成身體狀況欠佳，請假療養中。這種可笑的請假理由竟然得到批准，可見暮雨降職的破壞力之大，連職場內部的行政程序都受到影響。

「等等，等一下！請不要亂跑啊——！」

忽地，武裝科門口傳來了高分貝呼喊。帶點稚氣未脫的少年嗓音，是艾米爾。

伴隨著艾米爾的慌張喊叫，雜亂急促的腳步聲傳入眾人耳中。武裝科的大門被粗魯的撞了開來，一位嬌小的身影氣喘吁吁跑進了辦公室裡。

「快、快救救我！」

闖進來的是一名少女，少女汗涔涔的往辦公室裡直衝，一股腦的抓住距離最近的白火的手。

少女的外貌約莫十三歲左右，紅褐色及肩長髮，一張輪廓較淺的東方面孔。而最顯眼的是——少女穿著時空迷子專屬的醫療用長袍。

白火當初來到公元三千年時也是穿著那類似手術袍的淺綠色衣裝，印象格外深刻。

「快點救救我，那些人，那些人想要殺了我們啊！」

「咦、咦？」被握住手的白火一陣恐慌，這孩子到底是誰啊？

「再不快點的話，我們全部都會被殺掉！」

「妳、妳到底是——」

「砰！」一記槍聲突然響起，少女話還沒說完就發出一聲悶哼，隨即失去意識倒在白火懷裡。

原來是站在門口的艾米爾拿出了烙印手槍，朝少女的後腦杓開了一槍。

「艾、艾米爾，你就這樣開槍啊？」旁觀的路卡也傻了。

「請放心，只是麻醉。」艾米爾彎腰致歉，收起武器。

竟然連這個禮儀滿分的少年都不惜開槍了，可見少女的暴動程度非同小可。

突如其來的騷動引起辦公室內所有人的關注，約書亞科長也走了過來問道：「艾米爾，這孩子是？」

「報告約書亞科長，是剛送進管理局的時空迷子。由於剛剛清醒導致記憶錯亂的緣故，趁我們不注意時從醫療科逃了出來，不好意思給大家添麻煩了。」

「果然是迷子啊。」白火看著倒在自己身上的少女，冰冷汗珠下的臉色蒼白無比，體重也輕得嚇人。

少女的氣色差到就算不用麻醉槍似乎也會隨時暈倒。一想到幾秒前被擊中的少女，白火想起不堪回首的記憶，她記得自己當初來到管理局時，也是像這樣被艾米爾轟了一槍，然後再次被抬進醫療科。

看來管理局對迷子的處置方法都有一貫的ＳＯＰ啊……白火一回想起往事，不禁感覺曾被開了一槍的後腦杓隱隱作痛。對了，那時候還被暮雨賞了一巴掌。

「……嗚，暮雨科長……」想起失蹤的前任科長，她不免吸了吸鼻子，泫然欲泣的表情根本讓人懷疑是不是家裡發生命案了。

「白火小姐，雖然不知道妳在感傷什麼……還是請交給我吧。」艾米爾走上前，謹慎抓住少女的胳臂，抱起少女的同時，不禁發出一聲低語：「體重好輕……」

「艾米爾，一個人沒問題嗎？」

「是的，請不用勞煩。那麼我先失陪了。」

艾米爾的身高約一百六十公分左右，體格也算纖瘦，和這樣的他相比，暈倒的迷子少女更是瘦的宛如柴骨，體重也輕的讓他發毛，艾米爾稍稍皺起眉頭，抱起少女離開。

「沒事吧，白火？」目送艾米爾離開後，約書亞湊近一問。

白火這時才發現自己的手臂被抓出了一道紅印，視覺上是挺醒目的，幸虧感覺不到疼痛，她搖搖頭，「沒事，請不用擔心。」

「那就好，如果感覺不適的話一定要說喔。」約書亞柔柔一笑，回到自己的工作崗位，優雅的身段與白火擦身而過，猶如吹掠臉頰的涼風。

白火默默瞧著約書亞的纖瘦身影，以及那善良無害的清秀笑容——多麼溫柔直率的人啊，儘管約書亞滿身神秘的色彩從很久以前就縈繞著她的內心，她仍無法去懷疑這位新同伴。

★※★◎★※★

到了午餐時間，白火端著員工餐廳的套餐餐盤，四處尋找著空位。

這陣子武裝科的工作時間回歸正常，她竟然也能在平日午休時段和其他團員一起用餐，當看見中午十二點的密集人群，她不但沒有煩躁感，反倒有股莫名的感動。

白火尋找著不起眼的角落空位，發現餐廳最陰暗的角落竟坐著兩位醫療科的熟人，他們低頭交頭接耳不知在談論什麼。

白火原本不想打擾對方，不料這時遠方的人影竟然抬起頭來，「哎呀，這不是白火妹妹嘛。」

「安赫爾，百里醫生，午安。」

「在找位子是嗎？不嫌棄的話就坐這裡吧。」

「可以嗎？」

「當然，我們正好聊上興頭呢，和妳也有點關聯，妳就一起來聽聽吧。」

「和我？」不會又是什麼不懷好意的鬼點子吧？白火半信半疑的放下餐盤，拉開安赫爾身旁的椅子坐下。原本以為他們是在談正經事，看來是多慮了，正事應該不會在嘈雜的餐廳裡談論才對。

「唔——那該從哪說起才好啊，百里老師？」安赫爾向坐在對面的女性徵求意見。

「就從頭吧。」名為百里的女性啜了口熱茶，並向白火點了頭，「日安，白火。」

「午安，百里醫生。」

百里是前陣子白火才真正打過照面的醫療科成員，為目前第二分局醫療科舉足輕重的元老級前輩。

百里有著一頭淺紫羅蘭色的內彎短髮，從中分而下無瀏海的髮型可以瞥見同為淺紫色的纖長眉毛，以及水晶般的細長酒紅色眼眸。她的身形瘦小，外觀年齡就像是時下的年輕女高中生，和白火相差無幾，甚至說是比白火年幼也不為過。

當然，她不可能如此年少就成為醫療科的權威，百里可是實際年齡五百歲以上的異邦人。

本人雖沒提及，但根據傳言，她似乎五十年前就成為管理局的一員了。沒接任醫療科科長職務的理由，照當事人所言：「年紀大了不想勞動筋骨。」

百里身為異邦人的特徵，自她那宛如妖精般的細長雙耳就略見一斑。

不只如此，仔細一看還能發現百里的眼珠裡似乎有著奇妙的刻印圖案，然而那並非格帝亞烙印的圖騰。

另外，百里也是安赫爾的醫療指導老師，這就是為什麼平時唯恐天下不亂的安赫爾對她更多了幾分尊敬。

「百里醫生，發生什麼事了嗎？」

「這幾天，局裡來了一位時空迷子。」

「那位迷子怎麼了嗎？」白火恰巧想起早上闖進武裝科的少女。

「那迷子甚是罕見，是未來人。」

「咦，未來人？」

「不錯。」百里頷首，壓低了聲音，「來自3005C.E.的未來人。」

現在是公元三千年——所以就是來自五年後的未來囉？白火心想。

「目前只有鑑識科和醫療科的少數人知情，別傳出去了。」

透露迷子身分什麼的，這顯然不是適合在公共場合談論的事宜，然而百里低沉穩重的嗓音馬上就被餐廳的喧鬧聲蓋了過去。

「聽艾米爾老弟說，那迷子小妹今天早上還落跑了呢，他不得已，轟了對方一槍才能帶回病房裡。」安赫爾接著聳聳肩。

白火抽抽眼角，果然是早上那個女孩，「來自未來的迷子有那麼稀奇嗎？」

「不錯，甚是少見。」百里知道白火才來到公元三千年不久，親切的解釋：「自數百年前人類知曉了時空裂縫的構造後，就極力避免時空裂縫造成的事故，因此被吸進裂縫的通常為異邦人和過去的人類，來自未來的迷子少之又少。」

「這樣啊。白里醫生，那為什麼這件事會和我有關呢？」

「白火，咱記得妳明明來自2012C.E.的過去，卻是純種格帝亞烙印者是吧？也甚是稀奇，便想把這般事告訴妳了。」

「原來是這樣啊。」在未來待了已經好一陣子，說來慚愧，有那麼一瞬間白火腦袋短路，差點忘記自己是來自過去的時空難民了。

儘管當初白火的到來引起管理局一陣不小的騷動，但她「來自過去」的真相卻鮮少人知，如此不可解的團團謎題當然是被上層刻意壓下。在管理局內，大家對白火的認知只有「純種迷子」這個身分而已。

這麼說來，來自過去的純種烙印者，這個謎題也還沒解開。同樣身為迷子、和她擁有相同持有物、又與她約定好一同解開身世謎題的暮雨如今又行蹤不明。

「暮雨科長，您到底去哪了啊……」想到這，白火只能再次嘆息，二度呼喚著失蹤的前魔鬼科長。

「妳嘆什麼氣啊，白火妹妹？」

「你又不肯說科長去哪了……」她不滿的瞅了身旁的安赫爾一眼，對方一臉氣定神閒，根本是明知故問。

「總而言之，關於那情緒尚未穩定下來的未來迷子，咱乾脆想託妳照顧她了。」百里醫生身為長輩，相當有度量的忽視對面兩人的竊竊私語，「妳和她均為特殊的迷子，年齡也比較近，咱覺得應該話題也合得來才是。」

「可是這樣好嗎？畢竟不是我分內的工作——」

百里使出致命一擊，「反正你們武裝科近來也挺清閒的不是？前陣子丟了威信，上級指派的勞動活自然少了些。」

「……是、是沒錯。」不要用那看待薪水小偷的眼神看我啊……白火在心中哭訴。

「安心吧，該施的術樣樣不缺，不會造成妳困擾的。」

百里所說的「施術」，其實是指醫療科特有的「記憶修改」。

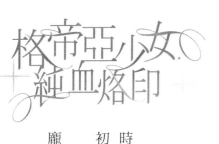

為了避免來自過去或異邦的迷子得知太多未來的相關資訊，在將迷子送回原本時空時，醫療科會消除、甚至是修改迷子的記憶，好讓迷子能以初期的狀態回歸母時空。當初管理局成員以為能安然無恙的將白火送回臺灣時，白火也一度差點被洗清記憶。

當然，來自「未來」的迷子就反過來了，未來人的知識與訊息量必定比當代人更為龐大，為了避免未來改變進而造成時空悖論等等狀況，醫療科則會對未來的時空迷子進行「封口」，嚴禁迷子說出有關未來的情報。而迷子回到未來的母時空時，同樣會進行記憶消除。

白火所在的第二分局有些特殊。封口、記憶修改的執行者正是百里醫生。當然，這些技術不只仰賴高科技醫療，百里的「特殊能力」也是成就關鍵。

身為異邦人的百里在異邦世界似乎被稱為「魔女」，理由自然就是她那酒紅色眼瞳裡的特殊圖騰，她的眼睛擁有記憶封鎖、封口等等奇異力量。不過，一旦濫用此能力必定會造成嚴重混亂，因此百里雖說是醫療科成員，卻也算被「囚禁」在管理局裡，長年接受上級的監視。

「百里醫生，其實今天早上那名未來迷子闖進了武裝科。」白火將少女早上衝進武裝科求救的事情娓娓道了出來，「雖然艾米爾說是記憶錯亂引起的騷動……但是總覺得有哪裡不對勁，那位迷子是不是在未來出了什麼事情呢？」

「是有可能，然而未來的一切，咱們無權干涉呀。」

「是沒錯……」

「那麼就拜託妳照顧那位迷子囉，妥當吧？」

面對百里的委託，白火也只能乖乖的點點頭，「我知道了，我會盡力。」

「幫了大忙。關於妳的身世，咱也會在職權准許範圍內費心調查的，咱們就互相照應照應吧。」說到這，百里也吃完了午餐，端起餐盤，「那麼先失陪了。」

百里離開以後，剩下白火和安赫爾兩人。

耐不住性子的白火見四周萬般喧鬧，終於藉機又低聲追問了一次：「安赫爾，科長到底去哪了？」沒算錯的話，這是她今天第三次提起這位前任科長。

「妳還改不掉那稱呼呀？暮雨老弟已經不是科長啦。」安赫爾聳聳肩。竟然次數如此頻繁的提起他家老弟，要不是朝思暮想念念不忘，就是純粹被虐待習慣了，真是節哀順變。

「……暮雨先生現在人到底在哪？大家都很擔心他啊。」

「度假。」

「嘎？」

「妳放心吧，應該過幾天後就會回來啦。他不是失蹤，只是純粹不想見你們而已。時機未到、時機未到。」安赫爾像是要落跑似的站起來，俏皮的朝白火眨了個眼，「這件事記得保密唷，那麼局長先走啦，掰！」

語畢，白火還來不及回話，安赫爾就逃也似的跑了。餐盤還留在桌上，擺明就是要她替他收拾，那個混飯吃局長。

——安赫爾所說的「保密」究竟是指來自未來的迷子一事，還是暮雨的行蹤呢？

「講話還是一樣莫名其妙，到底是什麼意思啊……」白火一邊收拾餐盤一邊思考，或許兩個都是吧。

★※★◎★※★

隔天，武裝科內勤工作告一段落的白火走在醫療科的長廊上，循著指示，沿途尋找未來迷子的病房房號。按照百里醫生的委託，看來只要和那位迷子少女聊聊天，穩定對方的情緒就行了。

路過醫療科的休息室時，白火發現艾米爾竟然坐在角落的椅子上。鑑識科的他會出現在醫療科，看來也和那位迷子少女有關。

「艾米爾，你怎麼在這裡？」

「……是白火小姐啊，午安。」艾米爾稍稍縮了下身子，訝異的抬起頭。

白火這時才發現艾米爾手中拿著類似信紙的白色紙張，紙上寫著密密麻麻的黑色字體，他的膝蓋上還放有整齊撕開的信封。

「不好意思，打擾到你了嗎？」

「沒什麼，只是父親寄來的信而已。」

「信？」手寫信箋，實在是相當稀奇的光景。這種高科技時代竟然還有人寄信，白火有些好奇，「用電腦或是手機什麼的不是更快嗎？」

「父親的處境有些複雜。再說比起電子郵件什麼的，可以觸摸的信紙還是比較讓人開心。」艾米爾輕拂過手中的信紙，指尖刷過紙面時，發出「沙沙」幾聲。

處境有些複雜，所以只能寄信？雖然這樣很壞心眼，但白火只能聯想到綠島監獄裡的囚犯。

艾米爾也多半猜到白火在胡思亂想，隨即解釋：「我的父親是世界政府的官員。」

「世界政府的人？」

「是的，為了避嫌，我們都盡量避免接觸，書信往來也僅限於此。」艾米爾揮揮手中的信。

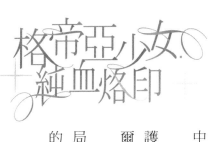

白火終於回想起來了，還記得當初她剛來到管理局、被陸昂攻擊時，艾米爾為了保護她而陷入重傷昏迷。那時候，芙蕾曾提到過艾米爾是孤兒這件事——身為孤兒的艾米爾，無法放下和孤兒處境相同的時空迷子不管，才會將這份慈悲投射到白火身上。

「我想妳應該也有聽芙蕾小姐說過我是孤兒，嬰兒時被棄置在管理局門口。聽管理局的前輩們說，那天還下著雪呢。」艾米爾簡直像是在談論茶餘飯後的話題，置身事外的笑了笑。

「所以艾米爾是養子囉？」

「沒錯，父親名為溫斯頓．沃森。白火小姐應該有聽過他的名字吧？」

「……啊，我有印象。」

聽到「溫斯頓」這個名字時，白火再次回想起來，前陣子森林作戰計畫失敗時，管理局和世界政府召開緊急會議，當時世界政府的代表官員之一就是那位名為溫斯頓的老紳士。

名為溫斯頓的男子雖然頭髮尾端花白，仍難掩端正斯文的容貌，身形高瘦，談吐有禮，和其他政府官員散發出來的氣質大相逕庭，讓白火印象特別深刻。

「父親──溫斯頓收留了我，經過法定程序，我正式成為了他的兒子。」艾米爾給白火一點思考時間，接著說道：「父親是收留我之後才陰錯陽差加入世界政府的，當初我也很意外，自己的父親就這樣成為了政府官員。」

「艾米爾畢竟是管理局的人，不會發生什麼事嗎？」

「嗯，剛才有提到為了避嫌，父親成為政府官員後我就搬離了老家，重新回到管理局生活。我幾乎可說是在管理局裡長大的，能像現在這樣持續收到父親的信，實在是相當高興。」

艾米爾雖然持續保持微笑，但白火總覺得那抹笑容有些寂寥。

「艾米爾的父親是個怎樣的人呢？」

「是個具有威嚴，但相當溫柔的人喔。他常常告訴我用不著顧慮他的身分，全心全意在管理局工作就好。」說到這，艾米爾有些難堪的聳聳肩膀，「雖然現在這樣，與其說是父親，不如說是金主吧。」

「是呀，有點像是長腿叔叔。」白火也體諒的苦笑了一下。

「——白火、艾米爾，快點抓住那孩子！」

閒聊到一半，走廊遠方傳來熟悉的女聲，是芙蕾。

白火和艾米爾不約而同從椅子上站起，「怎、怎麼了嗎？」平時冷靜的芙蕾竟然會像這樣大吼，嚇得他們都伸長脖子。

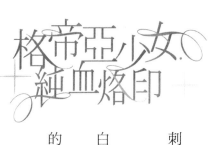

白火還沒朝芙蕾的方向看過去，只聽聞倉促的跫音逼來，一道影子朝著她的方向衝刺，是一位身形乾癟瘦弱的少女。

「等等，妳不是——」

「礙事，走開！」少女推開白火的肩膀，明明身體瘦弱的只剩骨頭，力道卻大的讓白火撞上走道旁的牆壁。

消瘦矮小的身體、紅褐色的及肩長髮，還有那簡直無法想像是從瘦弱身體裡吼出來的宏亮尖叫聲，少女與她擦身而過，頭也不回的奔向長廊另一端。

白火連忙反應過來：「那不是昨天闖進武裝科的迷子嗎？」

「你們兩個還愣在那裡做什麼，快點追上去啊！」芙蕾稍後趕了過來，剛剛以跑百米的速度持續狂奔的她此時只能彎低身子喘氣，看來她確實敵不過年輕國中女生的青春體力。

「才隔一天，怎麼又落跑了啊？」

「剛剛我打算去那迷子的房間拿些鑑定資料，才剛打開病房那孩子就闖了出來，總之快點去把她抓回來啦！要是讓她跑出管理局就麻煩了！艾米爾！再射她十發麻醉槍也可以！」芙蕾烙下狠話。

「走吧，白火小姐。」艾米爾點點頭，趕緊和白火轉身去追趕迷子少女。

雖說走廊上禁止奔跑，但緊急狀況下也無法顧及那麼多了，白火利用長期被武裝科魔鬼科長訓練下來的高速腳程，一口氣追上遠方要化為一個小點的迷子少女。

此時，正好看見一位熟人從走廊對面悠閒的走了過來，模特兒般的修長身材，還有那回頭率百分百的帥氣臉龐，是該隱。

為什麼上班時間這傢伙會在醫療科啊？搭訕女孩子嗎？白火心中閃過好幾個吐槽。

「該隱，快抓住那孩子啊！」

「什麼？維納斯的聲音？」該隱聽見有人在呼喚他，同時看見有位少女朝他的方向衝了過來，「哎呀，這不是闖進辦公室的那個迷子女孩嘛，還真是挺可愛——」

「滾開，你這個裝模作樣的醜男！」

「醜、醜男？！」

少女用著媲美山豬的蠻力撞開該隱，飛快的消失在走廊遠端。

被用力撞飛、同時受到嚴重精神創傷的該隱轉了三圈，摔倒在走廊的牆壁上。

醜男、醜男、醜男……蟬聯數屆Mr.管理局帥哥選拔會冠軍的該隱，立刻兩眼翻白倒地不起。身高超過一百八的他像這樣陳屍在走廊上，儼然就是個大型垃圾。

趕到的艾米爾蹲下來，壓住該隱的脈搏，「不行，呼吸心跳停止，看來是沒救了。」

「不要把他說得像是死了一樣啊……」

「白火小姐，不如我繞到另外一邊去，我們夾攻吧。」

「我知道了！」

兩人有默契的點點頭，背對背，朝走廊兩端奔跑。至於心靈休克狀態的該隱之後是如何差點錯過黃金治療時間，那又是另一段故事了。

這裡是四樓醫療科，管理局建築的內部構造呈現圓環狀，辦公室與房間朝圓環外圈分支延伸，樓梯正好在另一端，內部構造繁雜，沒意外的話那位少女絕對會迷路，到時候就能成功逮住她。

白火繼續向前衝，「這小孩腳程也太快了吧！」雖然有追上對方，卻馬上又被拉開距離，這小鬼是練過田徑嗎？

繼該隱的悲劇後，白火奔跑沒多久，前方又出現了熟面孔，顯眼的櫻花色小髻側馬尾，是荻深樹。

——為什麼又一個武裝科科員在醫療科啦！你們這群混飯吃領乾薪的傢伙！

白火已經不想追問遊手好閒的同事了。

「荻通訊官，抓住那個小孩！」

「唉唷，這不是白火小夥伴嘛，怎麼啦？」

此時，距離白火十公尺遠的迷子少女正好跑到荻深樹前方，少女眨眨眼睛，一改先前的野蠻態度，有禮貌的問著荻深樹：「姐姐，妳應該知道大廳怎麼走吧？」

「大廳？這裡是四樓，左轉直直下樓梯就是啦。」

少女點點頭，說了句「謝謝！」後，就往荻深樹指尖方向的樓梯口全力衝刺。

白火快崩潰了。

「荻通訊官，妳沒事指路做什麼，那是脫逃中的迷子啊！」

「嘿——是那個跑路中的迷子小夥伴啊？」難怪她怎麼覺得有點面熟，原來是被艾米爾小夥伴轟過一槍的瘦弱小妹子，「人家想說日行一善嘛，欸嘿嘿嘿。」

「要是真的讓她跑出大門的話就完蛋了啦！」先別提善良天使約書亞，如此醜聞絕對會被暮雨砍成兩半！

「妳就努力追回來嘛，那就先這樣啦，掰——」

荻深樹連「掰啦」的「啦」都還沒說完，白火就橫越她快速衝向樓梯口。無視自家通訊官的行徑看來已經成為武裝科的傳統了。

另一方面，繞到圓環形走廊另一端，打算進行包抄的艾米爾也有所收穫，他遇到了遊手好閒的武裝科科員之三——路卡。

「路卡先生，您來得正好。之前闖進武裝科的迷子又脫逃了。」

「嘎，那個被你轟一槍的小鬼嗎？逃去哪了？」

「請來幫忙吧。」

先別管路卡為什麼會混水摸魚到四樓醫療科，艾米爾迅速抓著路卡奔向樓梯口。

距離樓梯還有二十公尺遠時，艾米爾看見原本絕對會迷路的少女竟然筆直衝進樓梯口，坐上樓梯扶手快速滑下樓。

白火緊追在後，「慢著，給我站住啊！」她一面嘶吼，學著迷子少女踩上樓梯扶手溜了下去，完全違反職員應有的基本儀態。

艾米爾和路卡連忙加快腳步跟上去，想當然耳連個影子也摸不著。少女要是照這個速度直接衝到一樓，絕對會逃出管理局。

「看來是追不上呢……啊，對了。」艾米爾抵達三樓後，索性停下腳步，打開走廊的窗戶。

四樓醫療科為了避免事故，按照規則固定所有窗戶鎖，但是三樓武裝科只是一般辦公室，窗戶輕輕鬆鬆就滑了開來。

艾米爾把窗戶開到最底，「幸好今天能見度不錯，麻煩您了，路卡先生。」

「艾米爾，你想做什麼？」

「嗯？當然是請您把那孩子打下來啊。」艾米爾若無其事的指了指路卡手臂上的烙印，「一發麻醉子彈，九百公尺內不是問題吧。」

「你、你在胡說什麼啊！」路卡突然想把這金髮少年剖開來，看看這傢伙的血究竟是什麼顏色的。

路卡順著窗外望去，正好看見白火和迷子少女在另一端的圓環展開天崩地裂的追逐戰。哪來九百公尺這麼遠，現在根本是在大樓對面的超近距離。

「要是那孩子逃出管理局，讓武裝科聲譽掃地，暮雨先生一定會無法瞑目的……」

「不要說得好像人家死了一樣！我們家科長還活得好好的啦！」

「麻煩您了，路卡先生的工作姿態，暮雨先生也在天上看著哦。」

「所以我說我們家科長還活著！啊啊，算了啦！」和這個冷血小鬼沒辦法溝通！路卡乖乖拿出烙印武器，把狙擊槍抵在窗臺，現在沒時間立起支撐架，只能應急了。

總之只要用麻醉槍把那迷子打暈就行了吧？路卡透過準心，瞄準遠處的迷子少女。

白火此時恨不得拿起走廊的裝飾畫，利用烙印火焰把畫框燒成白火球，然後砸向少女的後腦杓。

「為什麼要逃走！我們又不會吃掉妳，聽我解釋啊！」

「才不要，伊格斯特的人都是不中用的廢物！誰會乖乖停下來，妳這白痴——！」

迷子少女吼了回去，是一般國中女生該有的強大肺活量。她在逃亡之餘，還相當囂張的轉回身體比了個中指。

如此一番追逐戰也持續了好一段時間，少女的跑步速度逐漸慢了下來。論續航力，她果然還是比不過長期被武裝科虐待的白火。

於是少女想法一轉，直接打開走廊的窗戶。

這裡是三樓武裝科，距離地面超過九公尺，怎麼看都是會摔到重傷的高度，少女還是踩上窗框，毫無躊躇的跳下窗口。

「喂，不是吧！跳下去了？」白火傻眼，迷子都還沒救到就要演變成命案了嗎！

她明白公元三千年的鞋底性能良好，吸收衝擊力一等一，但也不需要這麼亂來吧！

「沒辦法了……」白火只好也踩上窗戶，她盯著三樓的窗外景色，深深吸一口氣。

不要緊的，白火說服自己，她之前不也為了追狐狸而從工地鷹架上跳下來嗎？相較之下，跳管理局圓環內的造景庭園不過是小菜一碟……

下一剎那，白火一躍而下。

急速墜落的白火看見少女栽進大樹裡，一樓圓環中央庭院的大樹傳來枝葉搖晃的沙沙聲，樹幹大幅度晃動。

——真的假的，竟然成功跳進樹裡了，那小鬼是猴子嗎？

兩人跳下窗口的間距僅有數秒，就在白火即將也跳進樹叢時，一道冰冷的閃光竟然削過她的太陽穴，「嗚啊！子、子彈？」

「白、白火？！」

如果她沒聽錯，對面的窗口傳來了路卡的慘叫。

「好險沒打中，太好了，路卡先生，您又能繼續苟且偷生下去了呢。」

「還不是你害的，給我閉嘴啦！」

管不了究竟是哪個混蛋想謀殺她，逃過死劫的白火下一秒栽進大樹裡，感受到生命差點消逝的她當場破口大罵：「哪個喪盡天良的混蛋，要是出人命怎麼辦啊！」

由於突如其來的子彈災難，她一個重心不穩，臉差點正面撞上樹幹。白火的鼻梁險些被壓扁，她一個翻身攀住樹幹，才勉強像是隻樹懶吊在樹上，搖搖欲墜。

她的體重雖然算輕盈，但仍然比不過瘦骨如柴的迷子少女。

重力加速度，加上一次承受兩個人的重量，大樹劇烈擺盪，沙沙聲不斷，綠葉宛如雨點般傾洩而下。謝天謝地，幸虧樹幹沒斷掉。

「不要再逃了，聽我解釋啊！」白火調整重心，兩手扣住樹幹。

茂密樹葉中，白火看見灑落的陽光碎片映照在迷子少女臉上，紅褐色頭髮多了幾分晦暗。少女銳利的眼神就像是受了傷的流浪貓。

少女怒瞪著她，「伊格斯特的人不能相信！我才不會——」

「我叫做白火！」白火破著嗓音大叫：「我和妳一樣也是迷子！」

該說是長時間跑百米終於累了，還是乾脆打算使用苦肉計，白火不顧一切的連珠炮大喊：「剛來到這裡的時候也是記憶錯亂，大鬧管理局，被艾米爾開了一槍，不、不只這樣！我甚至還被科長賞了一巴掌……不是，是前任科長！科長雖然現在失蹤了，但是他一直都對我很好！」

「……」少女傻愣的瞪大眼睛，一時間反應不過來。

「我還引來了奇怪的恐怖分子，害艾米爾受傷，管理局大廳也被恐怖分子轟得稀巴爛……但、但是！大家都對我很溫柔！管理局的大家都很善良，我才能繼續待在這裡！」

白火深呼吸，喘口氣，「所以妳一定也會沒事的，好嗎？」

「……」

「我不知道妳在害怕什麼，但是一定沒問題的，相信我吧？拜託了……」

迷子少女縮起肩膀，持續閉緊嘴巴，不說話。

兩人就這樣僵持了良久。

直到厚雲遮住太陽，射入樹叢的陽光消失，白火無力發麻的手幾乎要鬆脫樹幹時，她終於在昏暗的樹蔭下看見少女打開了雙脣。

「……櫻草。」少女扭過臉，小聲地說道。

「什麼？」

「我叫做櫻草，報春花的櫻草。」

名為櫻草的少女卸下充滿戒心的神情，蜷縮的肩膀也緩緩放鬆。

白火呼出一口氣，緊戒一旦解除，粗心大意的她差點從樹上摔下來。

02 你所透露的記憶軌跡

名為櫻草的時空迷子來自3005C. E.，也就是五年後的未來。

根據鑑識科的情報，櫻草身上沒有任何識別證或身分證，從頭到尾也不肯透露任何與身分有關的基本情報，是百里醫生透過櫻草身體裡的翻譯器晶片型號才推論出這位女孩的母時空。

白火是第一個知道櫻草姓名的人，果真是基於同病相憐的理由，櫻草目前只肯對白火鬆下戒心。

至於將櫻草帶來公元三千年的黑洞則為天然生成，和AEF以及時空竊賊的人造黑洞無關。幸運的是，3005C. E. 的時空裂縫週期甚短，將在下個月再次出現。換句話說，只要在管理局乖乖等一個月，櫻草就能回歸原本的時空。

一個月後……白火稍微調查了一下日期，相當湊巧，正好是暮雨復職當天。

「下次不可以再逃走了喔。」經歷差點摔下大樹的災難，白火將櫻草帶回病房內，然後關上房門，「我剛剛聽鑑識科的人說，要是妳再落跑，他們就會把妳五花大綁成煙燻臘腸。」雖然這臘腸瘦得只剩骨頭就是了。

「哼。」櫻草不屑的甩了甩頭髮，多虧剛剛的追逐戰，她的紅褐色及肩長髮被風吹得散亂，花了好一段時間才打理好。

「我說，櫻草，我們來聊聊天吧？閒著也是閒著。」

「聊什麼？」

「嗯——五年後的未來是個怎樣的世界啊？」

櫻草明顯扭曲了臉孔，「妳傻了嗎？我被下了封口令，想說也說不出口。」

「說、說得也是，我都忘了，抱歉。」

「……我討厭那裡，我不想回去。」沉思了一下，櫻草走到病床旁，坐了下來。

如今被百里醫生下了封口令，只要一提到與未來相關的詞語，櫻草就沒辦法發出聲音，身體也會無法動彈。

白火暗忖：不想回去？櫻草在那裡過得不愉快嗎？

白火突然想起來了，櫻草當初闖入武裝科的時後是這麼說的：「救救我，不然我會被殺掉。」

「櫻草是哪個星都的人？」

「第五星都。」

「這樣啊，我到現在都沒去過其他星都，管理局第五分局是個怎樣的地方呢……」

下次問問出差回來的同事好了。

白火是挺想打聽五年後的大家情況如何，但是那違反規則，何況櫻草也不可能知情才是。

「五年後的我不知道人會在哪啊……」

櫻草睞了她一眼，「妳回不去嗎？」

「我有點不一樣，我是被專門製造人造時空裂縫的傢伙抓來的，到現在還找不到回去的方法。」

「人造……時空裂縫……」

「嗯，人造時空裂縫最近出現頻繁，似乎和時空竊賊也有關。」看櫻草的反應，白火接著問：「未來也有時空竊賊嗎？」雖然她是希望那種嚴重觸犯公共危險罪的罪犯趕緊消失比較好。

對了，不知道未來還存不存在AEF？恐怖分子持續作亂的五年後啊……真的是世界性災難。

「……」櫻草沉默了好一段時間都沒有回話，身體僵直，甚至連動也不動。

白火滿心疑惑的看向她，對方的神情僵硬的像是化為石膏像一樣，該不會這就是被封口了吧？

「櫻草？」

「……我問妳，武裝科的人都很強嗎？」安靜了良久，恢復正常的櫻草丟來了答非所問的問句，我行我素的像隻心高氣傲的野貓。

反正也只是閒聊，白火乾脆隨興的被牽著鼻子走，「唔——我也說不上來，不過好像要考試什麼的，所以應該不弱吧？」

「妳該不會是走後門進來的吧？」

「我、我的情況比較特殊。」她可是來自過去的純種格帝亞烙印者，是珍奇異獸。

「妳看起來就超弱的，剛剛還差點摔到樹下，有夠蠢。」

「……」沒關係，姑且不論被看扁這點，話題算是勉強能持續下去，這是個很好的開始。

「如果武裝科的人很強就可以打敗壞人了吧。」櫻草沒來由的扔了這句，「要是我們那裡也——咳、咳咳咳！」

她話說到一半，突然像是被人掐住脖子似的乾咳起來，咳嗽嚴重到讓她肩膀顫抖，側身倒向病床。

「櫻草，沒事吧！」

櫻草咳了好一陣子，症狀才漸漸緩和下來。她恢復正常後的第一個反應就是開口咒罵：「那個老太婆庸醫！」

估計是百里醫生施的咒術，白火看櫻草一下子被迫噤聲，一下子又劇烈咳嗽，這封口令未免也太殘酷了點。再這樣下去，櫻草說不定會乾脆閉口不語——不，應該說這就是封口令的最終目的才對。

白火心疼的看著床上的櫻草，艾米爾長年下來對迷子的感情投射，她或許逐漸感同身受了。櫻草還只是個孩子，如今又被迫來到人生地不熟的世界，她實在無法對這位迷子置之不理。

「櫻草，我們……我們出去逛街吧！」於是她突然這麼提議。

「啊？」

「一直待在病房內也會發霉的，我們找一天出去散心吧，櫻草。」白火搔搔臉頰說道。雖然對櫻草而言，街上應該沒什麼新奇就是了。

希望藉由這次外出能多少消弭一下櫻草的不安，白火心想。

櫻草懷疑的瞪了她一眼，「妳要帶我出去？要是我又逃跑呢？」

「那就再把妳抓回來。」說是這麼說，白火可不希望真的再來一次追逐戰，她已經不想再當猴子爬樹了，「再不然，妳就戴著手銬和我出去好了。」

說到手銬，她下意識回想起很久以前和魔鬼科長的手銬追逐戰，於是又在心中淌血的呼喚一次科長的名字。

「我才不要，小心我告妳侵害人權！」

「那就和平相處吧。只要妳不逃走的話，我不會讓妳戴手銬，也不會追著妳跑。」

櫻草撇了撇嘴，「哼，隨便妳。」

白火心滿意足的露出笑容，「那就約好囉！」看來她是答應了。

★※★◎★※★

「──就是這樣，然後我就跳進樹裡了，事後持續追查下去……才發現差點打穿我腦袋的凶手是路卡。」

過了幾天，白火和約書亞共進午餐。

白火正好提到前幾天的迷子追逐事件，關於她跳下窗戶時差點被子彈打穿的事，稍後得知朝她太陽穴轟一發子彈的是路卡，雖然路卡也是遭受艾米爾指使的就是了。

艾米爾會笑著命令人開槍也是不容小覷，果然白色剖開來都是黑的。

「這樣啊，雖然說是麻醉子彈，但還是令人擔心，白火，沒有受傷吧？」

「我是沒事，子彈正好擦過去而已，只是為什麼武裝科的大家會在醫療科的走廊閒晃啊？」

「我想一定是最近很和平，沒什麼衝突事件，大家才會想外出散步吧。」約書亞喝了口熱茶，勾勒出一抹清笑。室內白熾燈的光芒灑落而下，他的細長睫毛彷彿羽毛般鬆軟、分明。

約書亞成為新任科長後，空降來到管理局的他自然無法得到局員們的信任，白火是少數願意和他接觸的異類。最近他們常常像這樣一起午餐，白火閒暇之餘也會去找約書亞閒話家常。

白火會主動接近約書亞的理由當然是擔心對方被孤立的處境，然而幾次相處下來，別說是厭惡了，她實在無法對約書亞抱持任何懷疑。

從白火一開始降臨到公元三千年起，這位就不時出現在她身邊的神秘青年，讓白火總有股說不上來的奇妙心境——帶點躊躇與遲疑，甚至是戒心。即使如此，約書亞的存在對她而言仍有股致命的吸引力。

「白火，請妳好好照顧那位迷子了。雖說還剩不到一個月就能回去，但畢竟人在異地，那孩子一定也很煎熬吧。」

「嗯，或許吧……」白火含糊回應，她當然沒有透露櫻草是未來人的真相。

「可以的話，真希望再也不要出現迷子了呢。」約書亞苦笑，「最近幾乎沒有外出指示，明明和平是好事，卻反而有點空虛……我這心態還真像是消防隊，哈哈。」

消防隊，沒有工作就是好事，這比喻還真是唯妙唯肖。

提到近期數量驟減的外出指示，白火不禁問道：「話說回來，我一直很好奇，約書亞的烙印能力是什麼呢？」

以前雖然有見識過，但兵荒馬亂之下來不及追問，約書亞就離開了，現在終於有時間可以討教。

附帶一提，白火之所以沒有敬稱「科長」是因為約書亞有特別叮囑過，用不著過多的禮數，直呼他名字就好了。約書亞就連態度也親近宜人。

「對了，來到第二分局後就沒用過呢……還挺無用武之地的，若妳不介意的話。」

「請務必讓我見識一下。」

「那看仔細囉，畢竟還挺幼稚的。」

約書亞道了句令人匪夷所思的話，還不等白火反應過來，他朝著遠方的某位管理局局員揮揮手。

須臾間，白火若有似無的瞥見約書亞的左胸口部位傳來一陣微弱光芒，隨即被漆黑的制服蓋了過去。烙印的位置是在心臟嗎？

遠方的那名管理局局員並非烙印者，而是普通人類。白火發現，約書亞揮動手臂的瞬間，那位局員的影子竟然竄動了起來。影子隨著約書亞擺動的指尖開始起舞，局員還是照常走動，白火眼前登時出現了身體和影子動作不一致的世紀奇觀。

數秒之內，原先照常走動的局員驀地像是被影子搶走主導權般，隨著影子的動作擺動身體。當然，白火對面的約書亞沒有放下手指。

約書亞用手指畫了一個圈，遠方的局員影子也轉了個圈，由此可知，那位局員也神色驚恐的被迫轉了個圈。

約書亞這時放下了手，局員的影子隨即恢復原樣，重新回到局員的腳下。

白火看著驚魂未定的局員東張西望，瞧著地上的影子，驚恐得說不出話來。

「差不多就是這樣。很像惡作劇，對吧？」約書亞收回手後，嘿嘿的尷尬笑了幾聲還比了個噓的手勢，「噓，不要告訴當事人喔。」

「是……操縱影子嗎？」

白火驚訝的咋舌，她還是第一次見識到這種力量。並非武器，而是無形的能力，原來約書亞也是為數稀少的純種。他的眼珠本來就是紅色的，正因如此，反而看不出來烙印發動後有什麼改變。

「嗯，不過管理局的成員大多都是烙印者，這能力派不上用場就是了。」說到這，約書亞像是想到什麼似的「啊」了一聲：「面對時空竊賊或是政府的話倒挺管用的。」

「先別提管不管用，我覺得這個能力挺可怕的啊……」操縱影子什麼的根本太犯規了，白火抖抖肩膀，看來這純良好青年能當上新任科長，那作弊等級的烙印力量想必也占不少因素。

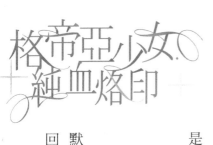

「總之，為了不扯大家的後腿，我會努力工作的！」約書亞拍拍自己的手臂，做出充滿幹勁的手勢，「謝謝妳總是替我著想，白火。」

「約書亞？」怎麼這麼突然？

「我很清楚大家並不樂見我的到來，畢竟我無法代替暮雨先生。但多虧妳的鼓勵，我覺得調職來到第二分局是件相當慶幸的事情。今天也是如此，能像這樣和妳聊天，我非常愉快喔。」

約書亞用著微乎其微的音量低語：「來到這，就像是能找回失去的東西一樣……」

——這人的神經到底是多大條啊？

白火漸漸摸清約書亞的性格了，他會不分場合，總是毫不害臊的說出這種話，反而是身為聽眾的她害羞的想找個洞鑽。

她輕咳了一下，趕緊換話題：「話說回來，約書亞為什麼會選擇加入管理局呢？」

「小時候我在孤兒院裡認識了很多朋友，他們都是迷子。」

「收留時空迷子的孤兒院？」

「嗯，我雖然不是迷子，但是常常到孤兒院和大家一起玩耍。」約書亞說到這，沉默了半晌，「我想妳也猜到了，那些迷子多半都是管理局無法及時救援的孤兒，錯失了回歸時機，當然也無法回到母時空，才會被送進孤兒院裡。」

又是孤兒……白火不免聯想到艾米爾。

「我希望能夠幫助這些迷子，所以從小就決定要加入管理局，希望能改變些什麼，好幫助這些孩子回到原本的時空……算是挺浮誇天真的理想就是了。」

白火否定的搖搖頭，「才沒這回事，我覺得很偉大。」

「……所以啊，必須更加努力才行，不可以輸給暮雨先生。」約書亞苦笑。

提到暮雨這個關鍵字，白火才再度明曉約書亞是承受何等大的壓力，他是背負著暮雨的影子調職到第二分局的。

「我……其實直到現在，我還是希望暮雨科長能回來。」白火閉緊嘴脣一會兒，才細細吐出這句話。直到現在，她仍然無法改掉暮雨「科長」這個稱呼，「但是約書亞，我相信擁有崇高信念的你即使現在遇到困境，也一定沒問題的。」

「謝謝妳，白火。」

「雖然幫不上什麼忙，但是我也會幫你加油的……啊。」白火靈光一閃，約書亞不是想幫助時空迷子嗎？「不如這樣好了，我們一起照顧櫻草吧？」

「妳是說那個時空迷子嗎？」

「嗯，我們約好了這個週末要一起出去，約書亞也一起來吧。」只要不洩漏櫻草是來自未來的迷子，應該沒有關係吧？白火盤算著。

再說——雖然這樣有點動機不純，但要是櫻草真的又打算落跑，必要時刻還可以請約書亞操縱影子把對方抓回來。白火這時相當慶幸櫻草只是個有影子的普通人類。

面對白火的邀約，約書亞先是發愣了一下，隨即露出朝日般的笑容說：「如果不嫌棄的話，請讓我同行吧。」

★※★◎★※★

到了週末當天，白火和約書亞按照約定帶領櫻草離開管理局，當然沒有上手銬，要是像囚犯遊街示眾一樣還得了。

「這人是誰？」櫻草看到白火身旁又多了一個人，嫌棄全寫在臉上。

「妳好，我是約書亞，今天還請多多指教囉。」

「哼。」

面對童話故事白馬王子的優雅招呼，櫻草非但沒淪陷，反而還冷哼一聲走了。

幸好約書亞也不是省油的燈，若無其事的偷偷和白火說了句：「好像流浪貓呢，孤兒院裡的孩子大多也是這樣。」

「抱歉，約書亞，櫻草的性格就是這樣……」

「沒關係的，看起來是個好孩子呀。」

「你們這兩個老骨頭，還在那裡磨磨蹭蹭的做什麼，太陽都要下山了啦！」走得老遠的櫻草回頭大吼。

看來櫻草儘管從前幾天就開始抱怨出門很麻煩，其實心裡則期待的要死。白火和約書亞看了這場景只覺得有些溫馨可愛，相視而笑了幾聲，連忙追趕上去。

三人來到鬧區的市街中心，道路兩旁備有完善規劃的商店街與餐廳，加上假日人滿為患，可謂門庭若市。所幸還不到會走散的地步。

「啊，那個！白火，那是什麼？」

「那是專門販賣節慶用品的商店，最近萬聖節也快到了，很熱鬧呢。」

「這個呢？這個呢？好稀奇，我還是第一次看見。」

「最新型的太陽能浮空機車，我記得管理局裡有啊，你沒看過嗎？」

「這樣啊──那這個呢？」

「那只是普通的南瓜，約書亞。」

「我說啊……」走在一旁的櫻草終於忍無可忍，抖著肩膀破口大罵：「今天的主角是我吧！你們是為了取悅我才帶我出來的對吧！怎麼你這傢伙才像是觀光客一樣東張西望的啊，你是剛進城的鄉巴佬嗎？嘎？」

管理局保母開徵
你想要哪種屬性的保母？
無法猜透心思的美少年
始終被捲入災難的惡運女
不食人間煙火的生活白痴

櫻草化身成歇斯底里的潑婦，對著約書亞鬼吼鬼叫。

這孩子身高和約書亞差了一大截，怒吼根本沒什麼殺傷力。理所當然，霹靂連珠炮的高分貝噪音隨即就淹沒在人群當中。

約書亞搔搔臉頰，難堪的笑彎了細長的眼眸，「嘿嘿，抱歉，畢竟我也很少來這種地方嘛，一不小心就看入迷了。」

「你好歹也是公元三千年的居民，要驚訝也是旁邊那個看起來超笨的蠢女人驚訝才對啊！」

「沒事扯到我身上做什麼？我家鄉也有這種地方啦！」被戰火波及到的白火不滿的嗆了回去。

「原來白火的老家也有這種街道啊，那賣的東西也一樣囉？」約書亞難得能聽到趣聞，難掩欣喜的湊了過來。

「基本上和這裡差不了多少……應該啦。」

「吶，白火，那是什麼呀？」

「……好好聽我說話，約書亞。」白火突然覺得頭痛欲裂。這是怎麼回事，她不是和約書亞一起照顧櫻草嗎？怎麼反而是約書亞變成不受控制的纏人小鬼了？

要是管理局的局員們目睹平日舉止優雅的白馬王子竟然化身成這般的好奇寶寶，絕對會瞬間幻滅。

「那是什麼，櫻草？」約書亞也發覺白火不太想搭理他，轉而求助於身後的櫻草。儘管櫻草一臉嫌麻煩，但應該會給他解答才對，生性潑辣的少女就是這點好操控。

「街頭藝人，你連這個也不知道嗎？」果然，櫻草一臉不屑卻還是回答了約書亞，真是個乖孩子。

「街頭藝人？表演的意思嗎？」

「你那麼好奇，過去看看不就行了？」

「真的嗎？我要去我要去！走吧！」

不行，旁觀的白火受不了約書亞的步調了，這新任科長才是鄉巴佬時空難民吧？似乎和當初來到公元三千年的她有點像……白火不禁打了個哆嗦，還記得艾米爾當初暫時充當她的導遊，如今這個嚮導職責則落到她自己身上。風水輪流轉，曾經欠的債果然是要還的。

「對了，街頭藝人……」白火想起了不堪回首的過往，連忙制止兩人：「別靠他們太近啊。」

「白火？」

「以前我也在附近看過街頭藝人的表演，然後就……」想到了陸昂，她不免打了個哆嗦，「以前有個恐怖分子偽裝成街頭藝人，在廣場中央開了個人造時空裂縫，我差點被吸進去。」

一聽到人造時空裂縫，約書亞慌張的捉住她的肩膀，「天啊，真是太危險了，妳那時候沒受傷吧？」

「我是沒事，只是那次艾米爾受了重傷……既然對方都已經大鬧過一番了，暫時不會舊地重遊才對，總之小心點。」

白火順勢偷瞄了眼身旁的櫻草，身高差距下只看得到櫻草長長的眼睫毛。這女孩沒什麼特殊反應，看來不太驚訝的樣子。果然五年後的未來也存在著人造裂縫嗎？

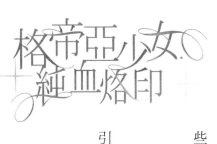

「注意安全喔。」白火目送約書亞和櫻草走進街頭藝人的圍觀人群中，多少還是有些顧忌，她決定待在人群外面充當警備。

茫茫人海與喧鬧，她的視野中滑過一道寂靜的鈷藍色光芒。

「……咦？」

光芒透澈的宛若極光，白火察覺那道青色光線從眼尾飛逝而過，她登時像是被火光引誘的飛蛾，本能性的旋步轉身。

不會錯的——那和她頸子上項鍊的藍色光芒如出一轍。

突如其來的，她的肩膀被人輕拂而過，對方的掌心壓上肩膀的瞬間，一股似曾相識的寒氣竄上她的感官神經。

「——保持這樣，別回頭。」一位身材高挺的青年混在人群中，假裝擦身而過般的停在她身旁。

青年身穿一襲低調的黑衣，頭部完全被連衣帽遮住，別說是眼睛了，連髮色都難以瞥見。然而，白火卻很清楚的能感覺到青年藏在外套中的青金色光芒。

青年湊近白火耳邊，低語：「今晚我會過去找妳。」

白火還沒反應過來，下一剎那，青年已鬆開放在她肩膀上的手，迅速沒入人海中。

她不會認錯的，那個嗓音、那道熟悉的青色月牙光芒，那人無疑是……

「……暮雨科長？」

★※★◎★※★

傍晚，白火將櫻草送回病房，並且和約書亞分別後，面色凝重的回到自己房間。一路上即便她刻意隱藏情緒，眉間的皺紋仍舊無法消除。

不會錯的，那掛在頸肩的閃爍光芒——是暮雨和她擁有的青金色項鍊。

儘管與她擦身而過的身影穿著黑色連帽外套，整個遮住了頭髮與五官，她仍舊沒有看漏，她也不可能看漏，那道青金色光芒無疑是暮雨。

「今天晚上會來……找我？」白火反芻著對方留下的唯一一句話，那沉穩帶有沙啞的嗓音，確實是前魔鬼科長的聲音。

於是，回到管理局的白火，只好如坐針氈似的待在房間待命，片刻不敢動彈。

雖說是會過來，但是他要從哪裡過來？又會以什麼模樣過來？白火總覺得前任科長不是會乖乖站在門前按門鈴的友善分子。

直到晚上十一點左右，等到不耐煩的白火開始胡思亂想：如果那只是假冒暮雨的壞蛋呢？按照那四處和人結仇的魔鬼科長，會有人心存報復也不是不可能。只是假扮暮雨能夠有什麼好處？這點她倒是想破頭也想不出來。

「算了，還是睡吧……」

白火打了個呵欠，反正門也鎖了，管理局的保全也算嚴格——能成功闖入的諾瓦爾是特例。雖然對本人感到抱歉，要是真的有急事的話，就算今天吃了閉門羹，之後應該還會再造訪才對。

正當她打算去關燈時，「刷拉」一聲，窗口霎時飄過黑影，並停佇在窗外。

——又是那個紅髮貓眼！

白火咬牙切齒的向前走，一想到前陣子的森林作戰她就怒火中燒，那恐怖分子上次竟然還想奪走暮雨的性命。

「這次絕對要把你燒成骨灰……！」她左手凝聚了一簇白色火焰，打開窗，毫不遲疑的就是一個揮拳。

「——妳做什麼？」窗外的人影冷不防抓住她的手腕，動作精準到只差一公分就會碰到白火手上的火焰。

白火嚇得倒退三步——當然，手腕被狠狠抓住，想退也沒辦法退。她只好保持用力抽回手的動作把窗外的人影往房間裡拉，這副狼狽樣有點像是拚命掙脫鐵鍊的家犬。

「暮、暮雨科長？！」

「安靜點。」

方圓數公尺內散發出冰塊般的寒氣，以及那因不悅而瞇起的綠色眼瞳——怎樣也不會認錯，正是暮雨本人。

暮雨鬆開白火的手，俐落的跳進房間裡，並且相當有禮貌的迅速關上窗戶。現在是深夜十一點，若被人撞見就糟了，他可不想被傳出什麼夜襲後輩的桃色醜聞。

「需要脫鞋子嗎？」

明明是感動的再會，暮雨見面的第一句話竟然是這個，實在有夠煞風景。

「不、不用。」

「我知道了。」

白火甩甩自己被抓紅的手腕，這人果然不會手下留情。

暮雨這時才想起她打開窗戶的態度明顯有問題，「妳怎麼一點也不驚訝的樣子？」一般人應該會嚇得不敢開窗或是尖叫才對，但是這女人竟然打算直接把窗外的人燒了，真想看看白火腦內的神經是什麼構造。

「有人也常常從窗戶闖進來。」

「什麼？」

「……諾瓦爾。」白火像是做壞事被抓包的孩子般垂下頭，畢竟她剛剛差點燒了自家前任上司的臉，甚至還把對方誤認為總是一邊夜襲少女閨房，一邊說著「真是個美好的夜晚」的恐怖分子。

暮雨雖然沒回話，但凶惡的眼神明顯透露出幾個字：總有一天絕對會宰了那個紅髮貓眼。

「先別管這個了，暮雨科長，您這陣子到底去哪了？」

「我不是科長。」

「……暮雨先生，您這陣子到底去哪了？大家都很擔心您啊！」

「調查。」暮雨逕自走到房內的木桌前，拉開椅子坐了下來，「有些話想告訴妳，會占用不少時間，沒問題吧？」看來他是打算久留了。

暮雨脫下連衣帽的帽子，這下，標誌性的夜藍色短髮總算又顯露而出。

白火突然感動得想哭，大家擔心不已的乖僻前任科長現在正活生生在她眼前，連那個厭世到不行的冷酷眼神都和以前一模一樣，從頭到腳看起來都別來無恙，她不免吸了吸鼻子，趕緊沏了杯茶，坐到暮雨對面。

為了慶祝暮雨前任科長的歸來，白火特地還繞到冰箱前面，拿出從街上買來的限量布丁。

暮雨雙手交抱，看了看桌上的東西，「這什麼？」

「布丁。」

「我不是瞎子。」

「我聽說甜食可以讓人打起精神，我很喜歡布丁，所以那個，就是……暮雨先生喜歡布丁嗎？」

白火差點賞自己巴掌，她在說什麼啊，白痴！

「不討厭，小時候好像常吃的樣子。」暮雨倒是挺自然的回答了，「但是接下來的話有些長，妳還是放回冰箱吧。」

「我知道了……」白火只好落寞的把布丁放回冰箱。

當她再度回到座位時，暮雨接著說了一句：「我看起來真的有那麼消沉嗎？」

他再遲鈍也感覺得出來白火是在安慰自己，這次意外事件引發的責任歸咎，他為了顧全大局而選擇了一肩扛下，說不在意是騙人的。

但，也可說是因禍得福。

「其實不全然是壞事，多虧這一個月的懲處，我才有時間能進行調查。」暮雨開始娓娓道來：「妳還記得之前在海邊別墅附近的廢棄研究室嗎？安赫爾拿回了研究室裡的損壞硬碟，請人修復了資料。我最近就是在調查這件事。」

「廢棄研究室……火災的那個？」白火對那次事件的記憶相當鮮明，她當初還以為安赫爾死在火場裡了。但是安赫爾曾說過沒有得到任何的收穫，果然是在騙她的嗎？她儼然可以想像出局長笑咪咪賠不是的輕浮模樣，那個吊兒郎當的混蛋。

「這是硬碟裡的資料。」

暮雨打開攜帶型微電腦，電腦螢幕透過光學投影騰空在桌上。相關研究資料的專有名詞白火看不懂，視線還是定睛於標題的幾個字。

「……人造格帝亞烙印計畫？」

「沒錯，以前在72區政府基地找到的秘密實驗室，還有廢棄洋房的地下研究室，都和這個計畫有關。不只如此，不單單是第二星都，其他星都也有類似的實驗室。」

「其他星都也……暮雨先生，您還跑去其他星球嗎？」

暮雨點點頭。

白火知道公元三千年的人口居住地除了地球與火星外，還有著五顆人造星球，她就位於第二人造星球，簡稱第二星都。

這麼說來，陸昂之前也說過——他們身上的蛇紋刺青名為「人造格帝亞烙印」。

「尤其是第五星都，似乎是計畫的研究本部，雖然上次沒有成功潛入實驗室，但是一看見第五星都的景色，我……」暮雨少見的語塞，他掩住臉，沉默了好一陣子。

「暮雨先生？」

「——我，恢復了點記憶。」暮雨凝視著白火，眼神肅穆的絲毫不容許白火別開視線，「白火，我和妳……我們小時候曾經在第五星都生活過。」

「什、什麼意思？」

「妳的父母是有名的科學家，均為純種烙印者，並且收留了身為孤兒的我。我們在第五星都生活了好一段時間……離別時，妳的父母給了我們這個青金石。」

暮雨解下頸子的項鍊，和白火相同的彎月狀寶石。

白火一直以為這只是普通的礦物，但亮度奇異的讓她難以信服，原來是名為青金石的東西嗎？

重點是——暮雨究竟在說什麼？他說的話明明一字不漏的闖進她的耳中，但她停止運轉的腦袋卻無法自拔的將思緒全化為空。

她過於訝異而無法成言，只能瞪大瞳眸看著暮雨。

「妳根本不是來自二十一世紀的過去——妳一直都是未來人，白火。」

「可是，既然如此，為什麼我會……」會在 2012C. E. 的世界？

「不清楚，剩下的想不起來了……我只記得這些。」暮雨閉緊脣，別過臉，放在腿上的手握緊了拳頭。

訊息量大到無法負荷，寒意竄到白火的每根骨頭，她從頭到尾都是未來人？

她不敢相信，也不願意相信，然而暮雨的一字一句都充滿信服力，化為箭矢射穿她的心口。

最根本的邏輯，如果她是未來人，會擁有純種格帝亞烙印也就說得通了。

白火低頭瞟向左手背的印記，肌膚上的玄色刺青似乎在剎那間升溫，灼熱的讓她難以喘息。

「我想或許是基於某些原因，我們被吸入了時空裂縫，我依舊停留在未來，妳則是回到了二十一世紀的過去。穿越時空裂縫時導致記憶錯亂，我們才會遺忘這段往事。」

「那我……到底是誰……」白火囁嚅的問道。

暮雨沒有回答。

腦中突然竄出雙親的臉孔，那自然是她在臺灣的養父母。白火按住頭部，她還記得自己小時候待在孤兒院，總是被稱為沒有影子的惡魔，之後被養父母收養，然後……然後——沒有然後了。

儘管談及的是自己的身世，暮雨道出的真相卻讓她毫無真實感。若不是緊張造成指尖冰冷，白火甚至認為暮雨只是在談論一個局外人的生平。

她就像是玻璃罩外的旁觀者，聆聽著暮雨道出某位陌生人的生死走向。

明明是她的記憶，她卻怎麼也無法產生共鳴，正是這點，更讓她害怕的四肢發冷。

「冷靜點，白火，沒事的。」

暮雨的聲音再次把她喚回現實，那冷徹的嗓音如今在白火耳裡聽來，竟溫柔的宛如涼風。

「聽好了，白火，那個人——諾瓦爾一定掌握著所有關鍵。」

「可是他上次不是還想殺了您嗎？」

「那只是幌子，諾瓦爾接近我只是為了告訴我情報。」

暮雨說出了當時的來龍去脈，包括ＡＥＦ是為了將他拉下科長的位置才會策劃那次圈套，以及管理局存在著內賊的事情。管理局的作戰計畫會被預知，然後落入ＡＥＦ布下的圈套，多半也是出自於內賊之手。

諾瓦爾究竟是誰？明明是敵人，卻屢次幫助他們，更何況……白火握住自己脖子上的寶石項鍊，那是諾瓦爾交給她的東西。

兩人沉默了許久，暮雨等到白火的臉龐漸漸恢復血色後，接著說道：「近期內我還會再潛入一次第五星都的研究所，一旦查出了線索會立刻通知妳。」

白火咬緊雙脣，握緊雙拳，「請讓我同行吧，暮雨先生。」

「太危險了，我沒辦法帶妳過去。」

「拜託了，這件事和我也有關聯……那是我的記憶，我想要自己去調查。」

暮雨瞇起綠色的瞳眸，思忖了好一段時間。

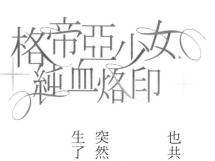

白火說得有理，那是與她緊緊聯繫的往事，必須由她親手找出真相才行。何況他們也共享這份秘密。

「……我知道了，但是動作得快點，一旦復職後我就沒有機會潛入調查了。」

暮雨的復職為二十天後，正好和櫻草返回原本時空是同一天。對了，櫻草……白火突然想起來，櫻草也是第五星都人，櫻草曾說過她並不想回去，未來的第五星都究竟發生了什麼事？

「暮雨先生，這幾天管理局來了一位時空迷子，來自3C05C.E.的第五星都。」

明知這樣不對，白火還是洩漏了櫻草的身分，不知怎的，她總覺得必須告訴暮雨這件事才行，「我已經答應百里醫生要照顧她了，可以再給我點時間嗎？我一定會趕在期限內與您同行的。」

白火想了一下，接著說道：「而且就這樣突然消失，對約書亞也有點抱歉……」

聽到約書亞這個名字，暮雨像是偵測到什麼有害物質的雷達般皺起眉頭，「看來妳和那位空降科長處得不錯？」

「嗯，約書亞很照顧我。況且您不是也說了嗎？不要抱持偏見，要好好聽從新任科長的指示。」

「……」

「暮雨先生？」

「隨便妳，反正和我無關。」他雙手交抱甩過臉，冷哼了一聲。

白火不禁顫抖了一下肩膀，這種像是忘記餵飼料，結果自家貓咪鬧彆扭的感覺是怎麼回事……

「那麼我先走了，準備好了就聯絡安赫爾，越快越好。」

語畢，暮雨站起身，重新戴上連衣帽的帽子。他再次走向窗戶，似乎沒打算從正門離開的樣子。

「暮雨先生不回自己的房間嗎？」

「沒必要，被發現了反而麻煩。」

聽他這口氣，暮雨似乎這段時間都沒待在管理局，那他晚上到底睡哪啊？

再說現在可是懲處期間，白火越來越好奇暮雨和安赫爾這對兄弟究竟是動用了何等特權，才能讓暮雨到處趴趴走，這遊走灰色地帶的行徑實在讓人不敢恭維。

「對了——」暮雨俐落的跳上窗臺，臨走前像是想到什麼似的轉過頭來，狠狠撂了一句：「下次那個紅髮貓眼敢再搞夜襲，就直接把他燒成骨灰。」

「……」

「我的話沒關係。」

「我、我知道了。」要怎麼辨別窗外的黑影是紅髮貓眼還是魔鬼科長啊……

「就這樣，用不著胡思亂想。」暮雨冷漠的語氣難得多了一抹和煦，「無論真相為何，妳都確確實實活在這裡。」

這大概是他最大程度的體貼了，白火望向窗外，暮雨早就一溜煙的消失在黑夜中。

或許是得知自己和暮雨是兒時玩伴的緣故，看著那抹背影，難以言喻的抽痛感以及抽離感，無法控制的從她心中擴散開來。

03 追憶的暮色細雨

加班在時空管理局自然不是件奇事，何況二十四小時輪班制度的鑑識科、武裝科和醫療科可是隨時待命中，科員也都住在管理局附屬的宿舍裡。只是這陣子難得清閒，武裝科也鮮少有外出指示，於是科員們短期內恢復成朝九晚六的正常生活。

因此，約書亞會在深夜獨自駐留在辦公室裡，這點才讓安赫爾更加訝異。

「怎麼一個人待在這呀？約書亞老弟。」

深夜十點，難得沒搭電梯，而是從樓梯下樓的安赫爾察覺三樓武裝科竟然還有著亮光，順勢走過去查看，發現新任科長約書亞坐在位子上敲著鍵盤。

其他科員都走光了，徒留約書亞一人沐浴在白熾燈下，昏暗辦公室裡亮著一隅。在微弱光源下，他的白金色髮絲更顯得柔軟直順。

「安赫爾局長？您怎麼會來這裡？」發現有人走近，約書亞把臉探出電腦螢幕旁，順便用滑鼠關掉占據螢幕的過多視窗。

「我想說怎麼還有亮光，就走過來看看啦。加班？」

「說來也不算是，為了能快點熟悉工作崗位，我在研究一些報告和資料。」約書亞指了一下電腦螢幕，「多虧以前暮雨先生一絲不苟的整理，歷年來的所有資料都相當清楚呢。」

「怎麼樣啊？我們第二分局的運作模式。」

「該說是俐落，還是快狠準呢……」約書亞想不到詞語可以修飾了。

看來前任科長暮雨的行事作風一向言簡意賅，礙事的就打掉。所以大多的報告書都是盡可能簡易記載緣由與結果，清晰簡單的一頁了結。如此作風當然也贏來不少稱號：魔鬼科長、鐵血宰相、俾斯麥轉世之類的。

「安赫爾局長也是加班到現在？」

「平常都是這樣啦，然後雜事處理一下就這個時間了。調職過來後還習慣嗎？」

「暮雨先生先前有給我許多建議，同事們也都很好相處。我過得很開心。」約書亞笑彎了雙眼，這也不算是謊言，畢竟泰然處之的他早就過濾了迎面而來的惡意與反感。

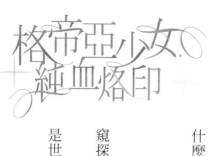

「那就好……啊，既然這麼湊巧遇見你，我就順便提一下好了。」安赫爾像是想起什麼似的低呼一聲，敲了一下自己的掌心，「你和白火妹妹處得不錯是吧？」

「是的，她算是最照顧我的人之一，怎麼了嗎？」

「你知道那孩子是時空迷子嗎？」

約書亞搖搖頭，神色不免多了幾分訝異，「那孩子原來也是迷子嗎？」他不太喜歡窺探他人的隱私與過去，雖說和白火相處好一段時間了，也沒追問她這些私人事項。

「你剛調來這裡可能還不清楚，白火妹妹當時可是轟動了整個管理局呢，和你一樣是世間稀少的純種。」

「純種又是迷子？真有這種事？」

「是啊，關於這一點，管理局也在持續調查，這幾天終於查明了一些消息，第五星都好像存在著有關白火妹妹身世的線索。」

安赫爾若無其事的聳聳肩。這可不是謊言，他確實是透過暮雨的記憶恢復查到一些蛛絲馬跡。只是身為純種的當事人竟然來自過去，這點他就沒說了，省得麻煩。

有關白火的資訊都能在武裝科科員資料名單中找到，然而白火的身分特殊，就算是身分資料也經過多項權限加密，加上約書亞平時就和白火熟稔，沒有刻意留意她的詳細資料，自然遺漏了一些情報。

「所以我在想呀，反正最近武裝科也是挺清閒的，少了一個新進菜鳥應該也不成問題吧？」

「局長？」

「你就當作是局長的請求，幫幫忙嘛。」

約書亞用鮮紅色的眸子直盯著安赫爾，他再笨也清楚這局長在打什麼算盤。反正沒有損失，約書亞思考了幾秒後，像是敗給安赫爾似的露出苦笑，「也好，這陣子我正想找個人到第五星都走一趟呢。我就拜託白火過去吧。」

約書亞一看就知道不擅長說謊，苦笑得連語氣都不自然了。

「白火那裡我也會告知她的。」

「那就麻煩你啦，約書亞老弟。」

安赫爾達到目的後就揮揮衣袖走了。

看著那身白袍從樓梯口完全消失，約書亞若有所思的拄著下顎。

約書亞少說也和白火相處了一段時間，他自認為彼此已經建立了穩固的友誼橋梁，然而關於時空迷子這件事對方卻隻字未提，他最後還是透過第三者得知的，這讓約書亞不免有些挫折。

他只是單純在白火身上——獨自來到這個世界後就與孤兒無異的那個人身上，看見了自己的身影。

★※★◎★※★

「啊？出差？」

一星期後，收到通知的白火站在武裝科科長的辦公桌前，呆若木雞的看著約書亞。

「我只是一介菜鳥喔？能派上用場嗎？」

「反正也只是認識第五分局的環境，順便協助一下當地局員而已，妳就當作是學習吧。」約書亞拄著頭一笑，「趁著現在工作量不大，去見見世面也好。」

「可是我已經答應過百里醫生要照顧櫻草，這樣突然離開也不太好……」

「櫻草就交給我吧，別看我這樣，我可是挺受小孩歡迎的喔！上次出去玩不也很成功嗎？」

聽到這裡，白火差點想公然頂撞上司：你究竟是哪條神經覺得那是成功啊？

——而且，第五星都……竟然是暮雨剛去過的第五星都，事情未免太過湊巧了。

完全不懂約書亞突然安排出差是怎麼一回事，白火還來不及追問，只感覺到約書亞湊近她耳邊低語：「我已經聽安赫爾局長說過了，好好去調查吧，白火。」

「……！」

約書亞拉回身子，笑而不語。

白火這下理解了，是安赫爾埋的線。局長絕對沒笨到會把暮雨的行蹤透露出來，他到底透露給約書亞多少實情，才能驅使約書亞動用科長的權力在暗中協助呢？

「只是如果妳能親口告訴我妳是迷子這件事，我會更高興的。」

約書亞補了這句，白火這下才確信安赫爾沒有把所有秘密洩漏出去。

「對不起，約書亞，我只是覺得那不太重要就沒說了……」

「沒關係的。那麼詳情我會再通知妳，好好準備吧。」

白火敬禮說了句「謝謝」後，離開科長辦公室，回到自己的座位上。

不久後，約書亞果然私下送來了出差的詳細日期時間。出發時間是一星期後，期間為十天。如今暮雨接受禁閉懲處也過了大約半個月，白火翻了一下自己的行事曆，太好了，還來得及趕在處分結束前進行調查，應該也能替櫻阜送行。

連時間也算得這麼準確精密，絕對是安赫爾在從中作梗！

權力的掛鉤好可怕，大人的世界也好可怕，即便是滿分的助攻，白火還是忍不住暗罵那不按牌理出牌的悠散局長。

「晚上再去找安赫爾討論吧……」白火呢喃，暫時放下出差的事情，開始著手每日的例行工作。

★※★◎★※★

時間迅速來到一星期後，也就是出差的當天。

在這段等待的時間裡，白火照樣無法和暮雨直接取得聯繫，只好藉由安赫爾這個窗口和暮雨間接訂下之後的會合時間與地點。一向獨來獨往的暮雨當然不會特地過來迎接她，他們相約在開往第五星都的宇宙船中碰面。

約書亞委託的出差也只是個幌子，白火從頭到尾都不需要拜訪第五分局，說穿了就是假出差真曠職，調查時間相當充裕。只是這種手法反而讓白火感到良心不安。

要是約書亞知道我們是要潛入世界政府的秘密研究所，究竟會做何感想呢……她暗忖，這次私人調查行動盡可能別惹事生非好了，否則空降科長得負連帶責任，管理局的名聲又會直直落。

「白火小姐，早安。」

白火提著輕便行李走出管理局宿舍大廳時，竟然看見艾米爾在門口朝她揮揮手。

朝日灑落的陽光穿透大廳玻璃門，映照在艾米爾金亮的短髮上。

「艾米爾，你怎麼會在這裡？」

「我是來送行的，這可是白火小姐的首次出差，我也相當期待，一早就醒了呢。」

早上七點，離上班還有一大段時間，白火認為就算艾米爾表面上說是自然醒，肯定還是特地起了個大早。

白火的出差事項並沒有浮上檯面，除了武裝科內部成員外，艾米爾是少數知情的其中一人——當然，無論是誰，都不知曉這次出差只是個謊言。

「艾米爾，謝謝你。」白火裝作若無其事的報以笑容。這種感覺就像是騙了對方一樣，不太好受，但她是由衷對艾米爾的真誠感到喜悅。

「巴士和宇宙船的班次來得及嗎？」

「嗯，第一次像這樣出遠門，我時間抓得很鬆，應該沒有問題。」

「若是交通上有什麼困擾，請立刻打電話給我，我會盡可能協助妳的……啊，請稍等。」艾米爾話說到一半突然湊近過來，伸手輕撫白火的衣領。

「艾米爾？」

「衣領歪了，我替妳調整一下。」艾米爾湛藍色的眼瞳直直盯著衣領，一絲不苟的將白火的衣服調正，「雖說是便服，門面可是相當重要，請保持最完美的姿態前往第五星都吧。」

「謝謝，我總是受到你的照顧呢。」

「請別這麼說，白火小姐算是我接觸一段時間的同伴，長久相處下來就像是家人一樣，我只是替這樣的妳盡一份心力而已。」

艾米爾這番話讓白火不禁啞然，雖不到眼睛泛淚這麼誇張的程度，可一股暖意確實傳透了她的胸口。

「妳出差的這段期間，我會好好照顧櫻草小姐的，用不著擔心。那麼路上小心。」

白火又道謝了一次，並和艾米爾一同前往巴士站牌。艾米爾替她將行李箱安置到巴士底部的行李放置處，並目送她搭上通往宇宙航空站的接駁巴士。

宇宙船是個怎麼樣的東西呢？白火只聽過其他同事的簡單解釋，簡言之就像是飛機那類的長途交通工具，和飛機一樣會有登機口、登機證、月臺等等，只是從登「機」變成登「船」而已。

至今為止的經驗裡，白火沒有搭乘過飛機，沒想到初次的「國外旅遊」就獻給這次的假出差了。

而且在和暮雨碰面之前，她得一個人處理完所有登船手續。

她真的有辦法活著登上船嗎……白火不禁開始負面思考。所幸抵達宇宙航空站，通過一連串指示與手續後，她平安無事進入宇宙船的船艙中。

「未來的高科技果然好厲害……」白火一面走著，一面發出疑似是鄉巴佬的嘖嘖稱奇。等一下這艘船就會飛進宇宙裡，怎麼想都不可思議。應該不會被吸進時空裂縫什麼的吧？

就和電視劇裡看到的民航機內部相同，內部座艙並排著座位，也有著空服員——只是現在應該叫做「船」服員就是了，白火不太明白正確名稱是什麼。

和飛機不同的是，由於星都之間的移動方式只能藉由宇宙船，移動時間至少都是好幾日起跳，因此宇宙船內還備有類似交誼大廳的公用空間、餐廳、娛樂間，以及盥洗設備與寢室等等，生活機能萬全的令白火看傻了眼，儼然就是個移動式小小飯店。

「我看看，位置是17-E……」托運好行李後，白火對照著船票，尋找自己的座位。她順著座位表看去，應該是走道旁才對，「啊……找到了找到了。」她不一會兒就找到自己的座位，坐下來乖乖繫上安全帶，順便用眼角瞥了隔壁的人一眼。

「那個，您好。」她稍稍打了個招呼。

隔壁座位的人戴著連衣帽以及一副黑粗框眼鏡，蹺著腿，手拄著下顎靠在窗口，盯著船艙外的無機質景色。

對方聽見白火的招呼聲，稍微轉動側臉，用眼尾瞅了白火一眼。

不看還好，看到之後白火差點以為自己眼睛抽筋。

「暮雨先生？！」

坐在她隔壁的黑衣冷酷青年——怎麼看都是自己家的前任魔鬼科長。

暮雨連眼睛也沒眨一下，冷冷回了句「安靜點」後又轉回去看著窗外。宇宙船還待在船艙內，當然只能看到鐵灰色的牆壁與嵌板。

「您是怎麼知道我的座位的啊？」白火傻了，原本還在想該怎麼尋人，沒想到對方就坐在自己面前。

「安赫爾訂的票。」

「說、說的也是……」想想也不會有其他人了，她接著問道：「那、那個眼鏡……

變裝？」只是戴上連衣帽，再隨便戴副眼鏡，還真是簡單又明瞭的初級易容術。

「裝扮過頭反而會起疑吧，下船後再說。」

「不會被認出來吧？」

「被認出來也是安赫爾的事。」

「……」好一個兩袖清閒。

這麼說來，扣除前陣子在街上的相遇，從去安赫爾的海邊別墅度假以來，白火好久沒有看到暮雨穿著制服以外的便服了。她不免有些新奇的用眼角端詳起來。

即便已經釐清兩人為兒時玩伴的事實，暮雨的這種冰塊態度還是沒變，這反而讓白火感到一股舒適的熟稔感。要是對方突然天崩地裂般的態度劇變、對她擺出親暱模樣，她反而會想一把火燒了這個舊識。

兩人沒有特別交談，靜靜的等待起飛時間。宇宙船起飛後，伴隨著獨特的速度與衝力，白火一度體驗到失重的錯覺，呼嘯聲刺激著耳膜，腰上的安全帶繫緊身體，窗口的景色猶如走馬燈般傾斜升空、飄浮變更角度，以逐次增強的速度進行轉換。

不一會兒，窗外的金屬牆壁飛逝而過，轉為顏色變幻多端的天空，宇宙船迅速衝破雲層，四周漸漸轉為彷彿黑夜的淡紫色，最後化為夜空。

飛機起飛應該也是這種感覺吧？白火出乎預料的冷靜，對窗外百變的景色竟然感到一絲似曾相識的懷念。窗外黑得伸手不見五指，又好像看得到星星。

宇宙船安全進入軌道後，搖晃與壓力也隨之消失。在心中判斷應該不會出現亂流之類的現象，她百般無聊的東張西望。果然和電視劇或電影裡相似，座位上方有置物櫃，船隻內部附有重力調整措施，服務員在走道上移動……

「妳就想成是飛機的宇宙版本吧。」暮雨突然丟了這一句。

和其他人之前向她做的解釋一樣，看來他是擔心沒搭過這種未來交通工具的白火會坐立難安。

「那個，我沒搭過飛機。」

「……」暮雨保持沉默的神情很明顯寫著幾個字：把我的關心還來。

「只是……感覺好像不是第一次搭這種船，窗外的景色似乎也在哪看過……」白火嘀咕了幾句，聲音越來越小。如果暮雨告知她的真相沒有錯，小時候她應該也搭過宇宙船吧？和爸媽一起。

她沉思片刻，算是重振士氣的對身旁的他笑了笑，「要是記憶能快點回來就好了。」

「嗯。」暮雨難得附和，但也僅止於此，向來不多話的他又別過了臉。

抵達第五星都得花費三十個小時，宇宙船穩定飛行後，旅客們就可以解開安全帶自由行動了。不知道船裡的大廳裡有什麼？明明是為了潛入調查實驗室的假出差之旅，滿心好奇的白火竟然稍稍期待了起來。

★※★◎★※★

歷經三十個小時的宇宙船之旅，白火和暮雨通過入境手續，正式抵達第五星都。

「暮雨先生就是看到這裡的景色恢復記憶的嗎？」走出航空站後，白火一覽第五星都的景色。

現在已經是下午時分，日光比正午稍稍來得微弱，天空布著碎雲。無論是飄在空中車道的浮空汽車或是密集林立的大廈建築，均和他們所在的第二星都無太大分別。

「不完全是，我是在前往實驗室的路上想起來的。」暮雨多半也讀出她的疑惑。

「這樣啊……」所以他們的身世也和實驗室有關囉？白火推測。說來也是，聽暮雨的說法，她的雙親是有名的科學家……等等，那該不會父母的科學研究也和人造烙印有關吧？

離開宇宙航空站後，漫長的交通尚未結束。由於目的地偏離中央市街，交通較為不便，只能依靠鐵路，兩人需要轉搭火車，前往距離人造格帝亞烙印實驗室最近的鄉鎮。

當然，絕對不能被世人察知的實驗室距離鄉鎮也有一大段距離，下火車後，還得租賃浮空機車代步。一想到這簡直永無止境的長途旅程，白火頭不免隱隱作痛了起來。

乘上火車時已經是黃昏，她乖乖把行李箱安置好。歷經整整三十個小時的不可思議宇宙船之旅，緊接著又得搭乘一整個晚上的火車，他們自然得在車廂內過夜，她腰痠背痛的伸伸懶腰。

「在火車上過夜，然後明天抵達是吧……」白火確認了一下票根上的抵達時間，預計明天上午才會抵達終點站，還有好一大半時間，她也不清楚該怎麼消磨。

火車上設有包廂，自然是提供乘客過夜用的寢室，不過白火一想到列車在鐵軌上奔跑的搖晃度，看來她今晚的睡眠品質稱不上好。

確認好各方面的細節後，白火來到列車裡的公共車廂——和宇宙船一樣，類似大廳的公共空間，裡頭有著小型吧檯和輕食，當然也可以直接待在窗口前瀏覽迅速轉換的車外景色。

「已經是黃昏啦……咦？」白火挑了個角落位置的窗戶，走近一看，才發現折射而入的黃昏日光和平常有所差異。

不只是黃昏，應該說——整個天空璀璨得好似塞滿了折射光芒的鏡片。她從未見過這種景色。

「明明是黃昏……卻下著雨？」

玻璃上的點點雨滴使視界朦朧起霧，白火貼上窗戶，再三篤定天空確實被黃昏燒得火紅，朱色碎雲成為濃淡不一的拼布，細弱的雨點竟然就從雲縫間接連落下，黏附在玻璃上。

雨勢頂多只有霧氣氤氳的毛毛雨，撐傘顯得太過大驚小怪、不開傘卻又會被淋溼肩頭的程度。窗外聽不見任何雨聲，全被車輪輾過鐵軌的轟隆聲響蓋過了。

撇開雨水，晚霞卻美得目眩神迷，她甚至能看見如綠芽般冒出的稀疏星點。車廂外的天空，截然不是烏雲密布的雨天景象。

「明明是黃昏卻下著雨……」白火如夢囈般又低語了一次，眼前的風景未免美麗的過於虛幻，她怔忡的遺忘掉任何形容詞。發愣之餘，又有幾滴雨點打上玻璃。

「好像是這一帶的特殊景色，我上次來也有看到。」暮雨這時也走了過來，對著窗外說道。

「上次也有看到……很常出現這種景色嗎？」

「我不清楚。」

「這樣啊。黃昏色的細雨，還真是——咦？」

白火聽到「咚」的一聲，像是豆大雨點打上傘面布料的聲響。有股非外力使然，而是疑似某種鈍器從內部襲擊她後腦杓的疼痛，促使她意識渙散。她尚未理解到發生什麼事，緊接著是突如其來的疼痛刺上她的側腦，她無法自拔的縮放瞳孔。

她看見了。

赤輪西墜的黃昏街道上站著一個人。

那人有著夜晚般的深藍色短髮以及祖母綠寶石般熠熠閃亮的瞳眸。

剎那間，猶如被烈火燃燒的燥熱竄上白火的喉嚨，她就像是吞了火星一樣，「唔，咳……咳！」作嘔的跪倒在地，按住劇烈疼痛到隨時裂開也不奇怪的太陽穴。

暮雨一見白火的異狀，難掩平時的冷靜，立刻彎下身子，攙扶住她的肩膀，「妳怎麼了，沒事嗎？」

「黃昏下的雨，傍晚……暮色的……雨……」

「白……火？」

「我是……我的名字是，白火。」

白火引發的騷動惹來車廂內其他乘客的注目，暮雨完全忽視那些竊語聲與視線，緊緊抓住她的手。因痙攣而冒滿冷汗的手掌竟然讓低體溫的暮雨也感覺一涼，在短短幾秒內，那指尖竟然褪去了該有的體溫。

白火脣齒顫抖，冷汗沁出額間，眼神無法聚焦。

成千上萬的景色片段猶如煙花般炸裂在她眼前。當中存在著生離，存在著死別，每一道雨勢折射出來的晶滴都是一段追憶。

昔日光景美好的令她眼眶痠澀，視線模糊一片。

淚水啪搭啪搭的滑落她的下顎。她命令自己停止流淚，卻怎樣也無法控制。

聲帶和嘴唇也失去了主導權，白火就像是被操縱般吐出夢囈般的話語：「我是……白色的火焰，我是白火，只要你抬起頭來看見太陽就會想起我的名字……同樣的，下雨時我也會想起你……我們、我們一定會再相見……」

——暮色下的細雨，暮雨。

白火瞧見了，「那個人」如枯枝般的身軀逐漸遠去，消失在深紫色的深淵中。

深紫色的流沙。漩渦。黑洞。百萬星點與銀河。

她猶如要咬斷牙根似的，用力的將指甲埋進對方的肌膚裡，以幾乎會粉碎的力道回握住暮雨的手，「不、不要……拜託，千萬不要放開我的手……」

記憶如洪水般灌進她的腦殼，白火發出幾乎接近崩潰的嘶吼。

「呃、啊啊……啊啊啊啊啊——！」

04. 3005C.E.

他佇立於赤輪西墜的濛濛細雨之中。瘦骨如柴，形單影隻。

黃昏時刻竟然有雪花般的雨點飄落，這稀奇的景色暫時攫住了他僅存的注意力。

相較之下，第五星都雜亂無章的街道景色反倒平淡無奇到可悲的境地。這個世界早已失去了律法與規章，犯罪與疾病四起，連填飽肚子都是件難事，街道髒亂這種小兒科根本不足以刺激人們的心神。

而他，就誕生於這幾近崩毀的末日裡。

細細雨滴濡溼他深藍色的短髮以及破舊單薄的衣物，定睛一看，與髮色相同的細長睫毛同樣沾滿了雨水，眼窩溼潤，然而他卻眨也不眨的直睜著祖母綠的眼瞳。

吸飽了黃昏色光芒的眼珠像極了星點，又因他周身聚滿了死氣，暗淡的好似黑洞。

這份病態晦暗的美甚至能讓人無視那衣衫襤褸。

在赤紅晚霞與濛濛霧雨之下的他，縹緲而虛幻。

「你怎麼站在這裡呀？你的傘呢？」

稚嫩高亢的呼喊闖入耳膜，他終於自細雨黃昏中被喚醒，沒趣的睨了對方一眼。

一位與他外觀歲數相仿的女孩蹦蹦跳跳的來到他面前，她好動的旋轉著手中的迷你傘柄，傘布上的雨點隨著她的轉動力道飛濺而出，雨滴畫出弧形滴到地上。

「爸爸，怎麼有人站在這裡呀，現在不是下雨嗎？」女孩握住並甩動她父親的手，仰頭一問。

對方高分貝呼喊完全蓋過細雨聲，折騰著他原本就脆弱無比的鼓膜。他稍微抬頭一看，眼前的成年男性與年幼女孩都擁有烏黑髮絲以及漆黑的眼珠，用不著過問，一眼就能察覺當中的血緣關係。

「我問你，你的傘呢？你不會冷嗎？」女孩湊近他。

「白火，別嚇著人家了。」

黑髮男人——疑似是女孩的父親，將女孩抓回來，並俯低身子一問：「你怎麼一個人在這裡站在這裡，家人呢？」

「……」

男人不一會兒就看穿他眼瞳帶有的冰冷，「你沒有地方可以回去嗎？」

「……」

「如果你不介意的話，來我們家吧？」

「……」

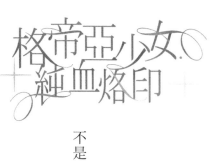

這時節孤兒隨處可見，人口販子猖獗，要是就這樣放任不管，他的下場淺顯易懂，不是被抓去販賣，就是得在社會最底層做低賤的搏鬥，最後飢餓疾病纏身，橫死街頭。

「我叫做白隼，你叫什麼名字？」見他沒有任何反應，名為白隼的高瘦男人只好先報上自己的名字，試圖軟化他的戒心。

「滴答，滴答，滴答……」

雨點持續降落。白隼將傘移到他頭頂上，好讓他瘦弱的身子不再吸淋更多水氣。過了好久好久，白隼才看見他緩緩的張口：「……想不起來了。我沒有名字。」

他細嫩的聲音鎮靜而平順，冷酷的彷彿與世隔絕，這被環境磨碎的早熟絲毫不符合年齡。

「我叫做白火，白色的火焰，白火！」倒是白隼身後的黑髮女孩放開白隼的手，又跳了出來。

名為白火的女孩朝他攤出掌心，他原本以為是要握手，沒想到卻「啪擦」一聲，白火小不隆咚的掌心竟然閃出一道光源。

一陣暖意傳遞過來，白火掌心中央綻出一團銀白色火焰。火光反射到他的瞳孔上，兩顆澄澈的眼珠子浮現出兩道銀焰。

可說是同一秒，他看見了白火的黑眼珠竟然變成了紅色，遠比夕陽鮮豔。

「嘿嘿，怎麼樣，很厲害吧？」

那瞬間，他失焦的眼神竟然被那抹火光奪去視線——好美的銀白色火焰，他匱乏枯索的腦袋，沒來由的閃過這個念頭。

白隼一看見這團火焰，隨即皺起眉間，抓住白火的細手腕，「白火，我不是說過不能隨便使用力量的嗎？」

「啊，對、對不起，爸爸……」

「這個力量很危險，要是被人發現了怎麼辦？爸爸是擔心妳呀。」

黃昏將路旁的電線桿拉出好長的影子──仔細看就會發現電線桿有影子，「只有」電線桿有影子。

他、白火、還有白隼腳下都是一空，三人腳下的地面沒有任何陰影。

白隼眼睛一掃，也瞧見了他腳下空無一物。沒有影子的他佇立於赤色街道中，簡直像極了被火舌吞噬融化的冰晶。回過神來時，憐憫與悲哀已經占據了白隼的心胸。

「如果沒有地方可去的話，不如和我們一起回家吧？」於是白隼蹲了下來，與他視線平視，重申了一次。

他依舊沒有任何回應，不過微微一縮的瘦小肩膀透露出欣喜與恐懼交織的情感。

「先想想該怎麼稱呼你吧，讓我思考一下──」白隼沒有看漏這外洩的情愫，摸摸自己的下巴，「白火，有沒有什麼好點子？」

「爸爸，你看你看，今天明明是黃昏卻下著雨，很奇怪對吧！但是好漂亮喔！」

白火答非所問的指著筆直延伸到遠方、化為一個小點的街道盡頭，道路上方正是沒入雲端的晚霞。

白隼多半也習慣女兒這番性格了，憐愛的拍拍白火的頭，「是啊，好漂亮。」

「啊，我想到了！」白火突然大叫。

「白火？」

「暮雨，你就叫做暮雨！」

受夕霞點染的火紅街道，晨霧般的雨珠飄散於大氣中。

白火滿心喜悅的抓住他的手，或許是剛才手心還有著火焰的緣故，暖度登時透過掌心蔓延到他的胸膛。

「你就叫做暮雨吧！和我的名字是一對的，這樣就不會忘記了！」

「……」

「你說好不好呀？暮雨，說話嘛！」

「……暮……雨……」

暮雨、暮雨、暮雨，他彷彿鸚鵡學語般複誦這兩個字。

白火和暮雨。白晝與黃昏。火和雨。確實是天造地設的一對名字。

取得真好——朦朧記憶中，他依稀記得白隼笑彎了眼眸，滿意的頷首說道。

「從今以後要好好相處喔，白火、暮雨。」

暮雨——這名字是他降臨於世為止，最為珍貴的贈禮。

「這裡是庭院！走進大門後會看見客廳，房間和浴室在二樓，對了，房間裡有很多書喔！暮雨喜歡讀書嗎？然後這邊裡面的門會通往後院——」

白火一面推開鐵柵欄，一面抓著暮雨瘦小到隨時會折斷的纖細手腕奔跑進家中的庭院，「走快點呀！不要拖拖拉拉的！」

才六歲的白火顯然不懂什麼是同情心，也不管長期陷入營養不良狀況的暮雨，像一股腦向前衝的山豬般把對方拖進房裡。

他——現在得到了新名字——暮雨強忍住因低血糖而出現的作嘔感，彷彿破布娃娃似的被抓著跑。他感到頭昏目眩，儘管已是日落時間，白火家中庭院的人造草皮仍刺亮的讓他眼睛發暈。

「媽媽、小黑，我回來了——！」

白火「砰」的一聲用力打開大門，門扇撞到牆壁彈了回來，差點打到後方的暮雨。

「小姐、老爺，歡迎回來。」

屋內的人影迅速走出來迎接，一位比他們年紀稍大的少年身著白襯衫與黑背心，衣領上的蝴蝶結綁得端正。少年一手擺在腹部前方，姿態端莊的朝他們行了個禮。

這少年的嗓音只比他們來得成熟些許，似乎才剛到變聲期，舉止卻成熟優雅的令人咋舌。

「小黑！」白火雀躍的撲了上去，「小黑，媽媽呢？」

「夫人說研究出了點問題，這陣子會待在研究室裡，暫時不會回來。」

「這樣喔……」

「小姐，這位是？」名為小黑的少年這時將視線定睛在暮雨身上。

「──我們家的新成員。」白火還沒回答，門口倒是傳來了白隼的聲音。白隼這時才趕上兩個孩子的腳步，從大門走了進來。

「歡迎回來，老爺。新成員是指？」

「和你一樣，今後家裡又會多一個人了，沒有問題吧？」

小黑眨眨琥珀色的眼珠，立即彎腰致敬，「當然，遵從老爺的一切吩咐。」

稍微釐清現況後，暮雨大致上理解了。在秩序紛亂的當前社會中，白火家是為數稀少、尚無煩憂的富裕家庭。白火的雙親是政府機構的研究員，研究範疇不單單在機構內部，似乎還額外經營著孤兒院等等慈善企業。

照理來說，他原本也會被送進孤兒院，或許是多虧了同時出現的夕霞與細雨，諸多緣分下他才得以和白家一同生活。

家中的成員有四人：白火的雙親、白火，以及管家小黑。

然後——現在又多了他。

來到白家一段時日後，暮雨得到了未曾有過的衣食溫飽。當初枯槁的瘦弱身軀隨著時間逐漸健壯起來，從前晦暗的綠色瞳眸終於多了幾分生動，倒是那嚇人的低體溫仍舊沒變，似乎和個人體質有關。

「暮雨、暮雨，我們來玩吧！」

白火只要一有機會就會巴著他不放，這女孩似乎把他當成了自己的弟弟。

說來也是，兩人雖然都是六歲左右的孩童，不過單純就身高來看，白火似乎比他年長些許，何況暮雨那畏縮怯弱的膽小性格也成不了氣候，白火又有股一心想當姐姐的堅持，暮雨只能任由白火擺布。

如果說管家小黑是大哥，白火是二姐，那他注定只能當老么了。

暮雨轉過頭來，「要玩什麼？」

「唔——捉迷藏！」

「我知道了……那，我、我當鬼吧。」

「哇！暮雨好熱心——但還是要乖乖數到一百喲！」

白火笑嘻嘻的露出一口白牙，「咻」一聲跑出房外躲起來了。

原本在房間看書的暮雨合上書本，跳下椅子——現在的書桌椅對他來說尚高了些。其實他大可以裝作找不到白火，放著躲在後院裡的她不管而繼續讀書的，但是暮雨總覺得這樣做的話，對方有點可憐——無論是自己還是他人，他不希望見到任何人孤伶伶的身影。

何況要是被白火抓包了，絕對會被用力捏臉頰，點心的布丁說不定還會被搶走……暮雨光是想像一下後果，就縮起肩膀，連忙跑出房間找人。

他有把握絕對能在五分鐘內找到白火，因為白火不敢躲在漆黑狹窄的密閉空間，一下子便縮小了搜查範圍。白火不敢躲櫃子裡的原因不明，大概是生性怕黑的緣故。果不其然，才一打開後院門，就看到白火蹲在角落倉庫的陰影處，黑髮黑瞳醒目到不行，躲藏技巧有夠差勁。

暮雨走上前，用著陰鬱的眼神看著她，「……找到妳了。」

「討厭，哪有這麼快就找到人的——！」

「白、白火？」

「我不玩了，哼！我要去吃布丁！」白火扯開自己的嘴皮，露出一個大鬼臉，「連你的分一起吃掉！」

「哪、哪有人這樣的！」結果不管有沒有找到人，布丁都會被吃掉……

白火連讓他喘息的機會也不給，一溜煙的跑回屋子裡。

暮雨獨自沐浴在午後的和煦陽光下，深藍色的短髮反射出宛如星雲般的亮彩。

別看這場面溫馨稚氣，他綠色的眼睛可是溼潤的隨時都能滴出眼淚來。

他回到屋中，打算放棄點心的權益，回二樓繼續讀書，卻湊巧碰到了小黑。

「怎麼了，又被小姐欺負了嗎？」提著一籃待洗衣物，小黑看著一臉快哭出來的暮雨，不費吹灰之力就推論出發生了什麼事。

「小黑……我、我——」

「稍等一下。」小黑放下洗衣籃，走向廚房，過了一會兒，他拿著托盤遞到暮雨面前，「用不著擔心，已經替你留起來了，拿去吧。」

托盤上正是差點被白火偷吃掉的布丁，布丁已經倒扣在盤子上，還附贈擦拭光亮的小湯匙與餐巾紙。

暮雨瞄了一下牆壁上的掛鐘，三點整。

管家小黑行事作風一向完美無缺，連點心時間也算好了。

小黑比了個噤聲的手勢，巧妙的眨眨左眼，「是秘密喔。」

「……謝謝你，小黑！」暮雨欣喜的接過托盤離開了。管家小黑並不會像是對待白火那樣對他畢恭畢敬，但也算是體貼包容他這個突如其來的空降孤兒。

即便只是基於白隼的憐憫也好、一時興起也無妨，他確實得到了夢寐以求的生活。

這就是他——幸福到令人心碎的昔日美好時光。

「外頭很危險，絕對不可以跑出去，知道了嗎？白火。」

「我知道了，媽媽！」

姑且不論是嚴肅的叮嚀，每當母親摸摸白火的頭時，白火就感到一陣狂喜。身為研究界權威，她的雙親幾乎有大半時間都埋首於工作，尤其是母親，白火不太清楚上次見到媽媽是幾個星期前了。因此當母女倆碰頭時，即便是年幼的她也知曉這得來不易的時光有多重要。

「如果真的要出門，絕對要和小黑一起出去。還有，不可以欺負暮雨，懂了嗎？」

「我知道了。媽媽又要去工作了嗎？」

「嗯，去看一下孤兒院的孩子，然後直接去研究所。」

媽媽蹲下來在白火臉頰上烙上一吻，「那麼媽媽先走囉。」隨即走出家門。

不只是媽媽，爸爸這陣子也不在家，整間屋子就只剩下她、暮雨、還有小黑。

白火早就習以為常這種小鬼當家的狀態，何況身邊還有著代理監護人小黑。

接下來要玩什麼才好呀？只能待在家裡，她不喜歡看書，小黑忙著做家事，電視也看膩了……

於是——應該說理所當然，白火快步跳上二樓，連門也沒敲就撞開最角落的房間。

「暮雨暮雨，你在做什麼呀！」白火大叫。

「白火……」暮雨先是被這突如其來的一吼嚇得肩膀發抖，隨即轉過頭來，「我、我在看書。」

「別管那種東西了，來陪我玩吧，我好無聊！」

「妳想要玩什麼？」

「不知道……啊！」白火有意無意間瞄到窗戶外的湛藍天空，霎時想起了好久以前出現的黃昏細雨，她沒來由的問了句：「暮雨，我問你喲，為什麼你當時會一個人站在路上呀？」

「什麼意思？」

「就是我們認識那天，你不是一個人站在路邊嗎？為什麼？你的家人呢？你沒有家嗎？不是很危險嗎？還有，你以前在做什麼呀？」

成山成海的疑問像機關槍的子彈打進暮雨耳裡，連給人呼吸的間隙都沒有。白火如此唐突不講理的性格也不是第一天見識過了，暮雨總是頭疼的抿住嘴脣，不敢說話。

這次更是有些反常，他將眼神飄移到別處，握緊拳頭，咬緊牙齒，坐立難安的樣子甚至讓人懷疑是不是低溫造成他發冷顫抖。

「到底是為什麼呀？告訴我嘛，暮雨。」

暮雨沉默了好久好久，才慢慢吐出幾個字：「被……被追著跑。」

「嘎？」

「我……沒有家，找不到住的地方，也沒有東西吃，所、所以我偷了東西，不斷的跑……有時候會被抓起來，我就會找機會溜走，然後繼續逃跑。」

「爸爸媽媽呢？」

「不知道，想不起來了，可能……可能已經不在了吧。」

白火趴在桌子上，黑眼珠骨碌骨碌的轉，歪頭說了句：「你好奇怪喔。」

原本以為暮雨打算就此停住話題，他卻像是被回憶吞噬般瞳孔縮放，抱住頭部，以囁嚅的音量飛快說道：「有一次我被奇怪的人抓走了，被鎖在貨車裡，車廂裡有著一堆小孩子，每個都和我一樣是孤兒……不知道會被載到哪裡，會被賣掉嗎？還是會被殺掉？我不清楚，我只覺得好可怕……有白衣的人……白衣的人在對著我笑……」

「暮、暮雨？」

「所以趁著有人打開貨車車門時，我、我就……」

那剎那，白火看見了——暮雨右手手腕內側正發著淡淡白光。

正確來說，是右手手腕內側的「黑色刺青」正發出光芒。

室內猛然湧出冰雪般的寒氣，氣溫直降。從暮雨手腕的刺青射出一道銀白色細線，線朝兩端擴張蔓延，竟在數秒內浮現出類似鐮刀般的光影。

白火連唾沫都來不及吞嚥，就看見暮雨手中出現一把逆光的銳利鐮刀。

「我就用這個把他們給……」

記憶從白火的腦底翻攪而上，好像想起來了，她挖掘著初次見面的光景——當時因為黃昏晚霞的緣故，她看不太清楚暮雨破舊的衣物究竟沾有怎樣的汙漬。

現在她可以確定了，那是不輸給夕陽的暗紅色斑點，是血呀。

暮雨手一鬆，掌心中的鐮刀墜地，只是連撞擊地板的聲音也沒聽聞，就化為光點粒子消失在空氣中。手腕內側的黑色刺青停止閃耀，室溫逐漸恢復正常。

他從椅子上摔了下來，痙攣似的縮起身軀，開始乾嘔。

「暮雨、你、你沒事吧？」

「咳、咳咳咳……白衣的人，紅色的——」

「暮雨，對不起，對不起喔……我不是故意要這麼問的！對不起，你不要哭了！」

豆大的冷汗夾雜著淚水一點一滴滲出，暮雨渾身發顫，呼吸急促，甚至絞扭成詭異的角度，掐著自己的脖子。

「我、我去叫小黑過來！」

白火差點把自己絆倒，十萬火急的衝出房間。不一會兒，小黑快步的跑上樓。

暮雨躺在鬆軟的白床鋪上，緊闔著雙眼安睡著。

痙攣和過度換氣的徵兆已穩定下來，小黑將水盆與毛巾放在角落。他大致理解事情的來龍去脈，確認暮雨無礙後，領著白火來到一樓大廳。

管家小黑的訓話向來可怕，她這次免不了又得挨一陣罵。白火垂著頭，她也自認活該，畢竟是自己沒有守住和媽媽的約定，她確實欺負了暮雨。

不料這次小黑竟然沒有動怒，而是用琥珀色的眼瞳直盯著白火，語重心長的深深吸了口氣，「小姐，請別再過問暮雨的過去了，暮雨會很難受的。」

小黑的聲音沉穩的宛如止水，白火驚訝和恐懼交雜，昂起下巴看著他。多虧小黑的反常，害暮雨暈倒的罪惡感也減了一大半。

「和年幼的您提及或許過早，但是我想您也聽說過『第三次黃昏災厄』吧。」

「第三次，黃昏……？」

「簡單來說就像是世界末日一樣的東西。還記得以前城鎮突然一陣混亂嗎？那就是災厄後的餘波，那時候您還小，可能不記得了，只是我們還因此搬過家不是嗎？」

「搬家，搬家……爸爸媽媽好像有說過！」

「沒錯，就是那時候的騷動，因為那次接近世界末日的災難，不計其數的人——很多很多人都死……咳咳。」

小黑一連停頓了好幾次，他在思考該如何用淺顯易懂又不傷害年幼白火的話語來敘述這段殘酷真相，思忖了良久，他重新說道：「很多人都因此失去行蹤，無家可回，導致到處都是孤兒，街上也都是壞人，直到現在還是一樣。夫人不是說過不能外出嗎？就是因為外面充滿著危機，夫人不想讓小姐遭遇任何危險。」

「這樣喔……」面對一連串的說教與解釋，還混雜著她尚未學過的新詞彙，年幼的白火也只能半張著嘴，她那尚未發育完全的小腦袋實在無法全數吸收小黑的話。

「暮雨也是那次災難中的受害者，和我一樣是孤兒，小姐。」

「暮雨和小黑都沒有家可以回去嗎？」

「是的，但是老爺收留了我們，給予我們新的歸屬。」

「歸——屬——？」

「就是給我們『家』的意思。所以我們才有辦法活下去，小姐。」

白火不太懂，生與死對她而言太過沉重，但她清楚的從小黑的語氣中體會到——暮雨和小黑能像這樣陪伴在她身旁，她自己能無憂無慮的活在世上，必定是種奇蹟。

「暮雨好不容易有了回去的『家』，終於能重新開始生活，他一定相當喜歡總是陪伴在他身邊的小姐您，所以您就別再為難他了。」

「雖然我不太懂，總之，只要不要去問暮雨的過去就好了嗎？」

「是的，我就是這個意思，小姐最聰明了。」小黑憐惜的拍拍白火的頭，他們身高差了一大截，這場面像極了寵溺妹妹的兄長，「今後也請和暮雨好好相處。」

「嘿嘿……」白火開心的笑了，小黑寬大的掌心覆在她的頭頂上，好溫暖，她相當喜歡被摸頭。

「回答呢？小姐？」

「我知道了！我不會再欺負暮雨了，我和媽媽約定好了呀。」

「非常好，那也和我約定吧。來，打勾勾。」

「嗯，打勾勾！」

白火伸手勾住小黑的小指，當然，就連指節也短了小黑一大截，她費力拉長指尖才勉強按上小黑的大拇指，蓋了個印章。

暮雨完全恢復健康已經是數天後的事。

彷彿一開始就沒有發生過騷動似的，暮雨的作息與態度和昔日無異。管家小黑也不打算過分干涉，只剩下心裡有疙瘩的白火始終語塞，說不出話來。

白火在內心糾結了好一段時間，也時常徘徊在對方房門前不敢進去。最後她總算鼓起勇氣，扭扭捏捏的走進暮雨的房間。當然，她一改過去的粗魯行徑，這次有敲門。

「暮雨，上次對不起！我以後不會再問那些事情了……」白火畏畏縮縮的來到他面前，劈頭就是低頭致歉，雖說沒哭出來，但眼角若有似無的沾著淚水，「因為我太想知道外面的事了，所以才會想問暮雨外面是個怎麼樣的世界……對不起！原諒我好嗎？」

暮雨輕嘆口氣，露出一如往常的笑容，「沒關係的，打從一開始我就沒有生氣。」

「我們和好吧？」

「所以我說我沒有生氣……我知道了，和好吧。」反正也拗不過對方，暮雨無奈的笑彎了眉毛，當作是和解。

這下，事情勉強算是解決了。

「大家都說外面很危險……可是既然是這樣，為什麼爸爸媽媽還是常常出去呢？」白火鬆下心防，小孩子的情緒轉變總是如此迅速。

她直接坐在暮雨身邊，桌椅面積對小孩而言還太大，兩個人各坐一半反而剛好。

白火從小就聽著爸媽還有小黑述說外頭的危險性，絕對不能單獨出去，電視新聞也時常播放著聳動的畫面，雖然她總是沒有興趣的轉臺。小黑說過好像是因為第三次黃、第三次……她不記得了，那個名詞有點難。她只記得世界末日。

「應該因為是大人吧？而且叔叔阿姨不是很有名的研究員嗎？他們一定有保鑣什麼的。」暮雨回答，「大家一定是擔心白火，才不希望妳單獨外出，妳就乖乖聽話吧。」

「這些我都知道，但就是很好奇嘛，爸爸到底是在做什麼研究……啊。」

「白火？」

白火突然「啊」了一聲，暮雨有種預感，這種驚呼聲多半沒好事——不，是絕對沒好事。

「我們進去爸爸的書房看看嘛！」

果不其然，白火惹哭他後還是沒學到教訓，這次又想出了新的鬼點子。

「不行啦！叔叔不是說過絕對不能進去書房的嗎？」

「有什麼關係，只是看一下又不會少塊肉，而且爸爸這陣子也不會回來呀。走嘛，走嘛！」

「我不是說不要……嗚、嗚哇！白火，不要拉我——！」

晚上十點，稱不上是深夜，但早就超過乖孩子的就寢時間。

白火以稱不上優雅的姿勢裹著棉被，半張臉埋進鬆軟的枕頭裡，發出鼾息。

房外的小黑悄悄打開房門，確認自家小姐完全陷入熟睡後，輕巧的將捲成一團的棉被重新覆蓋到白火身上，靜靜離開房間。

白火平順的呼吸、吐氣，呼吸——然後在小黑的腳步聲遠去的同時，「啪」的張開了雙眼。

「嘿嘿嘿……」她得逞似的開口笑了，嘴巴尚在換牙階段，有些地方是黑窟窿。她家的小黑雖然瞳孔就像貓眼一樣，但可不是夜貓子，她相當清楚小黑通常會在確認她熟睡後馬上就寢。加上父母今天也不會回來，現在溜出去絕對不會露餡。

白火踮著腳走出房間，迅速轉開隔壁房門的把手，在門扇打開的同時溜進門縫裡，身形嬌小就是有這點好處。

「暮雨，醒來呀，你不是真的睡著了吧？」她走到床邊，粗暴的掀開暮雨的棉被。

「白、白火？妳怎麼會跑進來啊！」

尚未入睡的暮雨再怎麼膽小也不是每次都會屈服的，他緊抓住棉被一角，兩個小孩就對著同一條棉被東拉西扯，展開怎麼看都很可笑的攻防戰。

心靈純潔的暮雨當然不懂「夜襲」這詞怎麼寫，他只覺得對方在這種時間不請自來相當不得體，何況闖進來的理由絕對是不懷好意。

「我不是說要去爸爸的書房探險嗎？你忘啦？」

「妳是認真的？」暮雨傻了，早上他才被這女孩推入火坑，差點被小黑抓包，現在又來一次？

「我什麼時候開過玩笑了，我一直都很認真！快點走啦，要是吵醒小黑怎麼辦？」

面對茫然的暮雨，白火使出殺手鐧，用力捏開他的臉頰，「你忍心讓我一個人去嗎！」

「好痛、好痛，快放手！我去就是了啦！」

兩個人——應該說遭受施暴恫嚇的暮雨被迫離開房間，和白火一起躡手躡腳踩下樓梯，來到一樓最深處的書房。

白隼在家時通常也會待在書房裡讀書或進行研究，他曾囑咐過白火，由於裡頭有著相當重要的資料，所以絕對不能進書房。然而，小孩有著一旦被限制就更想要打破規則的天性，白火尤其如此。

「等一下喔。」白火轉轉書房的門把，不出預料被鎖住了，她從口袋裡拿出鑰匙，插進鑰匙孔中。

「妳哪來的鑰匙啊？」

「趁小黑不注意時在大衣口袋裡找到的。好了，進去吧。」

先不論白火這明顯有問題的作為，連門都鎖上了，書房裡到底有什麼東西啊？暮雨也終於感到好奇。他五味雜陳的跟著白火走進書房，輕輕關上門。

白火打開電燈，書房面積相當廣大，牆壁兩旁羅列著幾乎與天花板等高的書櫃，裡面塞滿連標題也唸不清的艱澀書籍。角落擺著精密儀器與電腦，並掛著數個外接螢幕，白隼的書桌上則堆滿成山的白紙資料。

與其說是書房，反倒像個實驗室。

白火完全無視兩旁的書櫃，畢竟她連字都不太會讀，看似脆弱的精密儀器她也不敢碰，只好筆直的走向書桌前。

印象中，白隼有時候會坐在客廳沙發區閱讀，爸爸有說過比起電子書籍，他更喜歡實體書頁的觸感。白火心想，所以那疊文件山才會以紙張的狀態放在桌上嗎？

「暮雨你看，有好多紙喔，這是什麼……名單？」白火隨手抽出桌上的其中一份資料，「一號，十三號，一百五十號……」

名單上有著照片與詳細身分資料，有的和她年紀相仿，有的看起來已經是成年人。是不是孤兒院的人？但是怎麼會編上編號呢？「都有號碼，好像白老鼠……」白火嘀咕了一句，印象中研究員都喜歡把老鼠編上編號，可是照片上怎麼看都是人啊。這些人是老鼠？

剩下盡是些複雜的化學式和奇怪用語，白火翻了幾頁後就嫌沒趣的放回原位。

「白火，我們快點回去啦。」

「等一下啦，就快好了！」白火又隨意抽出一本資料，這次不是名簿，「人造……格……嘎？」

密密麻麻的專有名詞，她根本看不懂。

──人造？是指人做的東西嗎？

兩人絲毫沒有察覺門外的動靜，當白火聽見腳步聲時已經為時已晚──書房的門把被轉了開來，一道高大的身影出現在他們眼前。

「──是誰在那裡？」

是白隼。

白隼鐵青著臉，怒瞪著偷偷闖入書房的兩位不速之客。

於是暮雨的擔憂成真了。

之後白火被單獨反鎖在倉庫裡作為懲罰，連小黑也不得探訪。

被禁閉的時間究竟有多久？也許是一個晚上，也可能是好幾天，白火記不清楚了，伸手不見五指的陰暗空間裡，連扇窗戶也沒有，她無法推測黑夜與白晝的轉變。

「好黑，好可怕啊啊啊……」

她從小就怕黑，睡覺時會點著一盞燈，捉迷藏也絕對不敢藏到櫃子裡——這點身為父親的白隼不可能不明白。

白隼竟然會在知情的狀況下將她關到倉庫裡反省，任憑她放聲大哭也不給予任何寬容，可見這次真的是怒不可遏。

沒有食物、沒有光，獨自一人，如此的精神衝擊下對年幼的孩童未免太過殘忍。

白火哭著敲打倉庫門請求父親放她出去，自然是沒有任何回應。她只能縮在地上啜泣，哭累了就睡著，再次醒來時，掛滿淚痕的雙眼看見的依舊是昏天暗地。對幼童而言，這份懲罰將她折磨得足以造成一輩子的心靈陰霾。

潮溼悶熱的倉庫，鼻子感到搔癢，安靜的連心跳聲也聽得見——白火沒來由的想到暮雨，暮雨是不是以前也過著這種生活呢？

如果是的話，那他實在太可憐了……她情不自禁的將暮雨的過往遭遇重疊到自己身上，抱著膝蓋，縮緊身體，再次陷入沉睡。

「請恕我無法前去幫助您，小姐。」

小黑用毛巾擦乾白火頭髮上的水珠。洗過澡的白火換上一身乾淨衣裳，捧著裝滿熱可可的馬克杯。餓了好一段時間的她反而嚥不下任何固體食物，但看著熱煙裊裊上升的可可液體表面，情緒總算穩定下來。

「但是這次真的是小姐不對，請您好好反省。」

「小黑……對不起，我知道錯了。」

「我也有疏忽。之後請去向老爺道歉吧，只要誠心誠意的認錯，老爺一定會原諒您的。用不著擔心，我也會一同前往。」

白火喝了一口加了許多砂糖的可可，總覺得這陣子老是在埋頭說對不起。這也是活該，她只能摸摸鼻子認了。

「小黑有進去過爸爸的書房嗎？」

「當然有，備用鑰匙可是在我身上。」小黑補了一句：「被您偷走了就是。」

「對不起嘛，我下次不敢了。書房裡有什麼奇怪的東西嗎？」

小黑這時打開吹風機，調整了一下風量與溫度，開始幫白火吹頭髮。白火如瀑的黑長髮沾著水氣，被小黑修長的指節滑散開來。連吹風機的溫度調整都相當適中，可真是管家的好典範。

隨著吹風機的風聲，小黑安靜一下，才說道：「我也不清楚，對我來說太難了。」

「小黑也有不懂的東西嗎？」

「當然。」

說來也是，小黑這個年紀與其說是管家，不如說是侍童還比較貼切。多虧那端莊過了頭的行為舉止，白火早就忘了這完美無缺的管家只大了她八歲。

小黑的年齡和大人還有段距離，怎麼可能懂那麼難的東西嘛，她心想。

白火、暮雨和小黑在那之後一起向白隼低頭認錯了。白隼坦承自己當時沖昏了頭，才會一氣之下把白火關進倉庫裡，也向她道了歉。總之雙方互相和解，書房的小插曲總算告一段落。

「暮雨之後怎麼了？沒事吧？」離開白隼的房間後，白火偷偷追問。

「我被關在房間裡反省了……」

「這樣啊，好像和我差不多呢。」雖然她是倉庫。

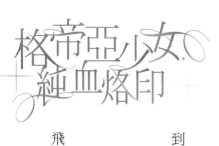

「我會不會被趕出這個家啊……」暮雨垂下頭，眼淚似乎快奪眶而出。早知道會落到這種境地，他當初拚死也要阻止白火才是。

「才不會呢！怎麼可能因為這樣就把暮雨趕走嘛，對不對呀，小黑？」

「小姐說的是。別想這麼多。」小黑也拍拍他的肩膀，在一旁為他打氣。

幸福愜意的時光總是美好，再度憶起時卻又倍感悵然。在那之後，時間一如往常的飛逝而過。

嚐過幾次苦頭的白火開始收斂調皮搗蛋的性格——但也只是從超級問題兒童變成一般問題兒童而已。只能被關在屋子裡的她三不五時就會來個惡作劇，通常都是由小黑和暮雨負責收拾爛攤子。

歲月流轉，白火漸漸遺忘了書房內所見的資料與名單，最後甚至連父親當時憤怒扭曲的臉孔都在她心中化成斑駁灰影。

某天，白火頂著持續在換牙的齒縫缺口，偷偷攀在樓梯間的小角落。差不多是小黑要打掃樓梯的時間了，趁著小黑接近樓梯時對他放聲大叫也是個好娛樂。她還沒看過小黑亂了陣腳的模樣，說不定會從樓梯上滾下來呢，怎麼想都很有趣，白火蹲在角落，光是想像就不免咯咯笑了起來。

正當她聽聞腳步聲，打算跳出來嚇人時，卻發現小黑一改平時的優雅步伐，快速繞過樓梯，來到父親的房門前。

白火探頭一看，小黑手上沒有打掃用具，他敲敲門，走進父親的房間裡。

小黑一閃而過的眼神她可沒漏看。小黑皺緊眉頭，琥珀色的眼珠子裡稀奇的籠罩著冰霜，她幾乎不曾看見小黑露出那種神情。

——到底是什麼事情？

好奇心可以殺死一隻貓，白火也躡手躡腳移動到父親的房間前，耳朵貼緊門扇。模糊之間，她聽見了小黑與父親的對話聲。

「您若是非要人不可，那麼就請帶走我吧，老爺。」

小黑的聲調感覺像是吞了冰塊似的，儘管口氣平順，聲音卻冷的讓隔著門扇的白火也直打冷顫。

「請不要帶走暮雨，白火小姐會難過的。」

──帶走暮雨？

白火抽了一口氣，什麼意思？

可說是本能性，她細小的掌心把門把轉到底，衝進父親房間裡。也不管房內的小黑和白隼一臉茫然，一股腦的就是大喊：「爸爸，什麼意思？你要帶暮雨去哪？」

「白火，我說過多少次了，不是要妳先敲門嗎？」

「對、對不起……可是我不小心聽到了，爸爸要把暮雨帶走嗎？」

白火渾圓的眼睛閃爍著驚懼，整個房間迴盪著她尖銳的高音。父親和小黑都遲遲沒有回話。

那瞬間，僅僅是一瞬間，她竟然從小黑的眼神瞥見一絲哀戚。

「……說什麼傻話呢，白火，我們哪都不去呀。」

白火還來不及反應，就感覺到父親拍拍她的頭。厚大長繭的手心覆蓋在她的頭上，明明她最喜歡別人摸摸自己的頭了，此刻卻覺得父親的手僵硬的和金屬鐵塊沒有分別。她甚至想甩開父親的手。

此刻兩人近在咫尺，她卻深覺父親與自己有千里之遙。

「妳在說什麼傻話，暮雨會一直待在家裡呀。」

「可是剛剛小黑明明說——」

「是妳聽錯了，再說爸爸要把暮雨帶去哪啊？」父親接著輕按著她的肩膀，把她推到門前去，「好了，爸爸還有正事要和小黑談，妳先出去一下吧。」

「我知道了……」白火只好一臉沮喪的離開房間。

基於身高差距，她沒看清楚白隼當時的容貌。爸爸是露出怎樣的表情呢？白火想不起來了。

白火離去後，她恍惚聽見了父親對著小黑這麼說道：「謝謝你。」

「請別這麼說，這是我的分內工作。」接著是小黑說話了，「老爺，我這條命當初是被您所救，必要之時為您獻上性命也是樂意至極。」

他們的談話內容未免太過嚴肅，年幼的白火不太理解什麼是生與死，但她那顆小小心靈依稀探測到了不安與惶恐。總覺得，她總覺得——

「只是唯有一點請求，我不希望……我不想看見白火小姐傷心難過的樣子。」

她總覺得，將來不只是暮雨，就連小黑也會離她而去。

「搬家，搬家？又要搬家嗎？」

白火像是鸚鵡似的不斷重複「搬家」兩個字。

「以前不是搬過家嗎？為什麼現在又要搬家？這裡不好嗎？」

她以前曾聽小黑說過搬家的事情，搬家就是離開現在的家，到新的地方居住。現在的房間很棒，床鋪很鬆軟，住起來很舒服。她實在不懂為什麼要搬家。

「我們要逃走囉，白火。」白隼苦笑著說道。

「逃走？為什麼要逃走？」

白隼笑而不語的將她抱到車上，繫好安全帶。車上還坐著母親、小黑和暮雨，後車箱則堆積著行李。雖說是搬家，但是五個人的行李竟然只占一個後車箱的空間，未免也太少了。

她至今為止都被禁止獨自外出，這次大家難得齊聚一堂出門，竟然是因為搬家。那以後如果常常搬家，是不是就可以常常出門了？

白火隔著窗戶，盯著自己住了幾年的屋子，有了感情是其次，她只是納悶屋子裡的家具、衣服都還在，就要這樣放著不管離開了嗎？

「對不起呀，爸爸和媽媽丟了工作。」待車子發動行駛後，白隼一邊轉動方向盤，一邊苦笑，「我們的上司是個大壞蛋，總是叫爸爸和媽媽去做一些壞事，爸爸媽媽已經不想再忍了。」

「壞事？像是什麼？」

「到了新家以後，大家也要好好相處喔。」白隼沒有回答，倒是笑著說出這句話。

不知道經過了多久車程，白火開始闔眼打盹，然後醒了過來，百般無聊的望著窗外景色，隨即又沉沉睡去。一再重複。

對了，印象中他們還搭了船，飛在宇宙中的船。

輾轉遷徙了幾番後，終於抵達新家。新家和舊家的別墅大相逕庭，是類似公寓的狹窄住宅，周圍沒有草皮和籬笆，當然也沒有陽臺，他們就住在四處林立著破舊公寓的其中一層樓裡。

白火盯著狹窄的房子，這樣的空間得住下五個人，不知道她還有沒有自己的房間？而且待在這種小地方，沒有庭院，又不能出去玩，這下根本哪裡也去不了了。

「白火、暮雨，過來一下。」白隼對兩人揮揮手，示意他們過去。

行李少的可憐，幾乎把行李箱裡的東西拿出來就安頓完畢了。屋內也沒有樓梯，白火走了少少幾步就來到白隼面前。

「妳不是一直很好奇爸爸和媽媽在研究什麼嗎？就是這個。」

白隼朝他們遞出兩條項鍊，項鍊上的月彎狀寶石熠閃著奇異的青色光芒。白火湊近一看，她的黑色眸子映照出那道藍色的光，一併發亮。

啊，好像坐在宇宙船上看到的景色——白火暗忖。寶石中像寄宿著千萬星辰。

「這是一種叫做青金石的石頭，爸爸媽媽就是在研究如何把神奇的力量附加到這種石頭上面。」

「青金石？神奇的力量？」

「嗯，只要有神奇的力量，就可以去任何想去的地方。」

白隼將項鍊解開，掛到白火和暮雨細到宛如綠嫩花莖的頸子上。果然寶石對年幼的兩人來說尚早，高貴的青藍墜飾反倒更加襯托出他們的稚嫩。

「現在研究終於成功了，爸爸把這個石頭送給你們，要好好珍惜喔。」語畢，白隼看了在身旁待命的小黑一眼，「你也過來吧。」

「老爺？可以嗎？」

「說什麼傻話，你也是我們家的一分子啊。」

白火研究著自己頸上的寶石，她還不習慣在脖子上掛東西，不過既然是父親送的禮物，何況也亮晶晶的，今後開始習慣也無妨。

「白火，如果可以去想要去的地方，妳想要去哪裡呢？」暮雨柔聲問著，青金石和他的深藍色短髮格外搭配，比白火還適合。

「唔——」白火思考了三秒左右，馬上大喊：「大家都在的地方！」

聽到這回答，暮雨彎著祖母綠的瞳眸，溫柔的笑了。

「嗯，我也是。」

那是哪一天呢？白火想不起來了。

她只記得——夜色尚未完全褪去的某天，她被一雙大手粗暴的搖動身軀，從睡夢中驚醒。

「……爸……爸爸？」張開惺忪雙眼時，出現在她眼前的是白隼。

「要走了，白火。」

「爸、爸爸？」

她還來不及反應，就被白隼粗暴的環抱住腰，帶往屋外。白火被倒扣在白隼的肩膀上，隨著白隼奔跑引起的震盪起伏，公寓裡的家具擺設接連從自己眼前消逝而過，牆上的月曆從她眼角掃了過去。

這下她終於想起日期了，月曆上斗大印著幾個字：公元三〇〇五年七月二十七日。

父親狂奔到公寓最深處，打開筆直通道內部的房間。原來裡頭還有路，白火任憑景色飛舞，如此想著，她是第一次發覺原來自己的新家面積如此之大。

她從擦身而過的窗口外瞥見逐漸沒入晨曦、缺一角的月亮。

白火掙扎般的扭動身子，轉動視線，才發現在最深處的房間裡，母親、小黑和暮雨都在裡面。

「爸爸，到底發生什麼事了？」

白隼沒有回話，而是像扔擲物品般將她拋到小黑懷裡。白火柔軟的身子倒在小黑胸口，眼珠子朝上，潔白色的天花板映入眼簾，整間房間都呈現死白。

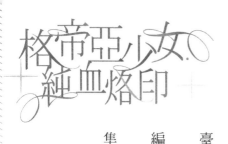

她竄出頭來，只見寬敞的四方形空間裡排列著精密儀器，以及她說不出名字的金屬臺及托高空間——是實驗室。

好久、好久以前偷偷闖進父親書房裡的光景飛竄到白火的小腦袋裡，她一併回想起編號、名單還有倉庫的黑影。

「離開吧，白火、暮雨，雖然是未知的時空，但總比待在這個腐敗的世界好。」白隼按住女兒直打冷顫的肩膀。

白火幾乎能隔著層衣料感覺到父親指腹上的厚繭。

「爸爸媽媽早就沒有資格離開了，但是你們不同，你們還有未來。」

「爸爸、你、你在說什麼呀？我聽不懂！」

「這個青金石會引導你們的。」

白火看見父親露出至今為止最為慈愛，也最為溫柔的笑容。奇怪的是她一點也笑不出來，反而感到鼻酸，畢竟她眼前的那抹笑——幾乎可以稱作是哭臉。

管家小黑一手抓著暮雨，一手將她緊抱在懷中，開始全速奔跑。

同一剎那，房間外傳來震耳欲聾的爆炸聲與嗆鼻濃煙。不計其數的倉促跫音闖了進來，幾十位拿著槍的人影包圍整個空間。小黑發出白火不曾聽聞的痛苦呻吟，紅色的水滴從他額上流了下來。

小黑受到爆炸波及摔倒在地，仍從頭到尾沒有鬆開她和暮雨。

一股力量將她推向前方，眼前的景色一閃，小黑已站在實驗室中央托高的圓臺上，並緊緊握住她和暮雨的小手。

「再見了，白火、暮雨，一定要過得幸福喔。」

白火聽見母親滿溢著憐愛的聲音，母親輕拂過她的臉頰，在她臉上烙上一吻。

「一路以來感謝你的忠誠，這兩個孩子就麻煩你了。」

「悉聽尊便，夫人。」小黑行了個禮，目送夫人轉身離去。

這時，白火只感覺到腦部彷彿受到重擊，沉甸甸的宛如水泥塊。

父親不見了，母親也要不見了。取而代之的是機關槍不斷掃射的聲音，物體解體的轟隆聲、水滴聲以及——風壓。

足以粉碎物體的風壓降臨整個空間，白火目睹眼前的空氣竟然裂出一道長長裂痕，猶如蓮花開綻般朝兩方散開，裂縫越來越大，數秒內凝縮成一個暗紫色圓球。

沒有光，沒有折射，混濁而常闇的黑洞。

「小黑……小黑！放開我！爸爸媽媽還在那裡啊，放我下來！」

即便白火腦袋不靈光，她也能感覺到那個黑洞——小黑想把她帶到那個黑洞裡。

「放開我，小黑，我不要進去！我不要啊啊啊啊！」

「請放棄吧，白火小姐。」小黑琥珀色的眼瞳裡沒有任何光芒，光源全被黑洞吞噬殆盡，「老爺和夫人已經……不可能再相見了。」

白火記得當時她憤而咬住小黑環住她的手腕，力道人的讓牙齒都陷進皮肉裡。但是小黑仍舊紋風不動，倒不如說像是捕獸夾般更用力的緊扣住她，並抓著暮雨，毫不猶豫的躍進了那個黑洞裡。

三人化為孤舟，在失重的紫色空間中載浮載沉。

迎面而來的強風將白火吹離小黑的懷中，她趕在被吹散前握住小黑的手——小黑的手上有著紅紅斑點，是被她咬出來的傷。

四周不見邊際，看不見天空，怎麼往下踩都沒有立足點。

「小黑，我們會到哪裡去？」

「恕我無法回答您。有可能是過去，也或許是未來。但是用不著擔心，兩位一定沒問題的。」

白火總覺得小黑還和她說了些什麼，但是她想不起來了。

耳朵就像是充滿雜訊的收音機般，什麼也聽不見。她只依稀感覺……小黑似乎說了很重要、很重要、很重要的事情。

他們在彷彿深不見底的湖泊裡逐漸被奪走氧氣。

粗糙的沙塵刺入她的雙瞳，強勁冷風吹痛她的骨髓，震壞她的鼓膜。

「刷拉」一聲，她與小黑的手一滑——基於風壓，小黑鬆開了她的手，兩人間唯一的聯繫終究斷了線似的化散而開。小黑登時淪為被風吹亂的紙片朝遠方飛去，消失在暗紫色的世界中。

「小黑——！」白火飆出帶著哭腔的吼叫，上一刻掌心裡還殘留著小黑的體溫，現在卻只剩空氣從她指縫鑽了出去。

另一手還感覺得到熱度，是暮雨的手。說什麼也不能鬆開暮雨的手。

「不要放手啊，白火！」暮雨用盡全身的力量扣住她的指節，聲嘶力竭的大喊。祖母綠的眼珠子裡源源不絕湧出豆大的淚水，眼淚像是水晶般飄浮而上，隨即被狂風席捲而去。

一股毀滅性的預感刺激著白火，她深深明白一旦放手，可能就再也見不到暮雨了。這個黑洞會吞噬記憶，會奪走她的昔日美好時光。只要放手，她就會遺忘有關暮雨的往事。

「我會……忘記你是誰嗎？我們還會再見面嗎？」

「我不知道，但是我不想忘記啊！」

「我想到了，我是……我是白色的火焰！我是白火！」

從四面八方而來的巨大風壓侵蝕兩人的聽覺，粉塵肆虐，白火咬緊牙關到牙齦發疼的程度，奮力抓住他的手，「我是白火，只要你抬起頭來看見太陽就會想起我的名字，同樣的，下雨時我也會想起你的！這樣就不會忘記了！」

轉瞬之間，他們十指交扣的掌心也敵不過風力，「刷」一聲，從白火指尖傳來的最後一絲溫暖也遠離而去。

「白火，我還有好多事情想告訴妳，其實我——」

暮雨瘦弱的身子化為一個小點，消失在深紫色的深淵中。

那深淵映照著現在、過去，以及未來。

嗡嗡餘音殘留在耳際，是稚嫩細弱的嗓音。

「千萬不要忘記啊，我的名字是……是……」

是誰在說話？白火的記憶猶如絲線般斷成兩截。

驀地，宛如霓虹燈似的，千百萬個景色自她腦中迸裂而開，春夏秋冬、陰晴圓缺、風雨及豔陽，色彩斑斕的世界折騰著她的視網膜，她疼痛的緊閉上眼，淚水滿溢而出。

白火什麼也看不見，視線一片模糊，即便如此，畫面仍如時間洪流般源源不絕，自她心中潰堤。

昏迷之際，她依稀瞥見最後一抹風景。

那是——夕暮和雨點交織的黃昏街道。

★※★◎★※★

白火沒有影子。

這可不是玩笑話。

白火的養父母無法生育，因此他們前往孤兒院去領養同樣和他們一樣遭受命運波折、失去至親的孤兒。幾番思慮後，他們選上的孩子就是白火。

他們選擇白火的原因很簡單：九歲的白火飽受其他孩童的欺負。

為什麼會被欺負呢？

因為白火沒有影子。

白火是個有著圓滾大眼珠、一頭亮麗柔順黑髮、皮膚白嫩細緻，容貌宛若精細人偶的九歲女孩。她並沒有因為出身孤兒院而被削去一身高潔清新的氣質，這個身份背景反而替她那孤高的神秘感做了緩衝。她擁有孤兒們、不，甚至是正常孩子也沒有的特質，兩者平衡互補，達到恰到好處的美感。

白火被收養時，正值好奇心旺盛的九歲稚齡，然而一般孩童該有的舉動在她身上毫無蹤影，她不會哭鬧、不喜愛新奇事物、甚至連脾氣或情緒也不突出。得知自己將被收養，她除了接受外，再也沒有其他反應。

就算孤兒院裡的修女不會坦白說出口，但在其他人眼裡看來，包括那些孤兒院裡的工作人員心裡一定這麼認為：白火之所以安靜又乖巧，全是因為她沒有影子。

時常有人謠傳白火的影子是被惡魔吃掉的，當她的影子消失時，心臟必定也被惡魔咬了塊窟窿，以致她才沒有正常人該有的喜怒哀樂。

鄭氏夫婦收養白火這件事，孤兒院還因此鬆了口氣——終於把那個沒有影子的女孩送走了。

白火沒有更改姓氏，因為當她被送到孤兒院時，除了「白火」這個名字之外，什麼都不記得，因此養父母也尊重這點，決定不更改她的姓名。姓氏是白，單名火，她的名字並沒有因而變動。

除了名字之外，據說白火剛被送進孤兒院時，脖子上掛著明顯不符合年齡與身分的藍寶石項鍊。閃爍出尊貴光芒的奇異寶石光是瞧一眼也能猜出價格不菲，但是掛在白火的咽喉上，登時變得像是家貓掛著的項圈。

彎月形狀的藍寶石項鍊套在白火細瘦的頸子上，從不離身。

白火從沒向他人坦白這顆寶石的由來，畢竟連她自己也一無所知，只是始終的、不疑有他的將項鍊戴在身上。

白火沒有過去，不帶矜持與奢求，以潔白無垢的姿態步入嶄新的家庭。身上唯一可稱得上財產的就只有脖子上的寶石項鍊。

她朦朧的記得，那年是——二〇〇三年的夏天。

05. 人造格帝亞烙印的真實

白火徐徐張開雙眼。

「睡吧，天還沒亮。」有道聲音在她耳邊響起。

視界仍然模糊一片，沁透心臟的冰涼感早在她睜眼的前一刻，悄悄覆上她的額頭。

她明明什麼都還沒看見，卻莫名可以篤定——那隻手有著骨節分明的修長指頭，帶點厚繭與傷疤，偏向無血色的白皙皮膚下甚至可略見血管的脈絡。

宛如冰晶般的低冷溫度，是她再熟悉不過的手。

她曾經放開過的手。

「……暮雨……」

瞳孔漸漸聚焦，白火平躺在狹窄的木床上，胸口的鼓動隨著血液脈動傳上腦門，急促的心跳聲逼使她吐出燥熱的空氣。

另一方面，溼黏的衣物浸透肌膚，不知是冷汗還是淚水的液體附著在太陽穴兩邊，濡溼了頭髮。

車輪高速的轉動，輾過鐵軌一圈又一圈，渙散的視界隨著車廂晃動再度增添了幾分恍惚。

鐵軌聲刺激著她脆弱的耳膜——是火車，她正躺在長途列車裡的寢室裡。規律晃動的車廂像極了搖籃，然而陷入昏沉的白火僅僅沉思幾秒，便立即脫離了半睡半醒的矇矓狀態。

她稍稍轉動眼珠子，果不其然，一位青年正坐在床邊，將手如羽毛似的輕輕放在她額上。

「你是……暮雨。」她彷彿喚醒自己的心神般，再次對著青年說道。

昏暗無燈的車廂內，月光的薄弱光芒射入窗戶，照亮青年的輪廓。夜色般的深藍髮絲、澄澈而帶點寒氣的綠色眼眸，眉間一抹陰鬱。

「嗯。」

暮雨垂下細長的睫毛，若有似無的點點下顎。聲音輕柔的觸動心弦。

對方明明只回了一個字，然而，聽見他從喉嚨裡發出嗓音的剎那，白火的雙眼立刻傳來無法自拔的酸楚，眼窩一片溼潤，她粗暴的抹去湧現而出的淚水。

——這個聲音。時隔將近十年，熟悉又陌生的聲音。

咽喉裡卡著千言萬語，她坐起身，帶著淚水含糊的囁嚅：「我是……白色的火焰，我是白火，只要你抬起頭來看見太陽，就會想起我的名字。同樣的，下雨時我也會想起你……我們一定會再相見。」

「嗯。」

「我絕對不會忘記你的，你是……你是，暮雨……」

「……嗯。」

「唔、嗚啊……啊啊啊啊……」

白火環抱住眼前的青年，瀕臨崩潰的放聲號泣。

白火想起來了，約莫 3003C. E. 左右，她在夕陽和雨水共存的街道上與暮雨相遇。她的雙親均為世界政府的研究員，專門研究時空裂縫的形成與構造。在失去秩序的社會中，多虧雙親的地位，她得以擁有衣食不缺的豐厚生活。

她和她的雙親、暮雨、還有管家小黑，一同度過了如夢似幻的美好日子。

白火持續整理雜亂無章的思維。衣服上的冷汗早已乾涸，深夜低溫，她卻感受不到寒冷——多半是出自於緊張的緣故。

「爸爸媽媽的研究和人造格帝亞烙印有關，經營的孤兒院也只是幌子，孤兒院裡的孤兒都是實驗品……人造烙印研究的實驗品。」

暮雨靜靜的聆聽，沒有回話。

「不只是這樣，爸爸曾經還想把暮雨抓走……就像那些孤兒一樣……」

但是、但是……白火調勻呼吸，吐出顫抖的空氣。

「爸爸媽媽選擇背叛世界政府，然後被政府追殺，最後，為了救我們……把我們送進人造裂縫裡……」

那是3005C.E.，白火和暮雨同齡，都是八歲。

3005C.E.，她和暮雨被捲入父親製造的人造時空裂縫之中，就此訣別。

至於兩人訣別後的時空——白火來到2003C.E.的臺灣，暮雨則是去了2987C.E.的第二星都。

受到時空裂縫的衝擊影響，兩人皆失去了大部分記憶，並各自被收養，步入新的人生階段。唯一稱得上聯繫的就只有脖子上的青金石。

「然後，我又被諾瓦爾帶來這裡……再次來到公元三千年的未來。」

暮雨依舊沒有回話。他的眼神絲毫不見恐懼與驚惶，淡然的過分。

白火定睛在他身上，用著幾乎是肯定的語氣追問：「你早就想起來了嗎？」

暮雨沒有說話。

「……第一次來到第五星都時，看到黃昏和細雨的景色就想起來了。」沉默良久，他才緩緩坦承：「和妳一樣。」

「為什麼不一開始就告訴我呢？」

「口說無憑，不親自想起來的話，一點意義也沒有。」

這真相未免太過衝擊，白火垂下肩膀，不置可否的點頭表達同意。暮雨要是直接對她說出這種事實，無憑無據她也不可能相信。

暮雨是以怎樣的心情隱瞞真相，陪伴她到現在的呢？

「恢復記憶的瞬間……很痛苦吧，暮雨。」

「這點妳也一樣。」

暮雨的口氣照樣冷淡，然而或許是記憶恢復的緣故，白火多少能感受到這抹冰冷中夾帶的淺淺暖流，迫使她又回想起數不清的兒時記憶。

「……對不起。」白火突然說道。

「白火？」

「以前一直欺負你，還追問你的過去，對不起。」

她抱緊膝蓋，蜷縮在床上。

「因為爸爸把你帶回家裡，差點讓你被抓走，之後又害你失去記憶……我甚至忘了你是誰，對不起。」

「……」

「……我鬆開了你的手……對不起……」

到最後連白火都聽不懂自己吐出的字句，聲音糊成一片。

好不容易止住淚水，眼眶卻再度感到一陣酸苦。她加重抱住膝蓋，咬緊牙根，忍住不讓眼淚再度流淌出來。

——我做了多麼殘忍的事。

白火將自責、埋怨、懊悔……所有她所能想像的負面情感全施加在自己身上。

——我害這個人受了傷，讓這個人即使失去記憶以後仍持續活在恐懼裡。我做了多麼殘忍的事。

一陣冰冷從指尖竄了上來，她回憶起當時被時空裂縫吸入的光景。

狂風之中她鬆開了暮雨的手，如今指尖感受到的惡寒，必定是記憶恢復後的罪惡感所致。

四周籠罩著沉默的空氣，隨著吐息流入肺腔。

過了好久，幾乎有一世紀那麼久，除了鐵軌聲外，一片寂靜。

「……妳還記得那天嗎？」

冉冉的，她聽見暮雨的低語宛若涼風，輕拂耳際，隨時會消散在火車輪子轉過鐵軌的聲響中。

「那天明明有著火紅夕陽，卻下著雨，我就站在晚霞與細雨交織的街道上。這時妳和白隼先生走了過來，問我是誰，為什麼會在這裡，對素昧平生的我伸出了手。」

向來寡言的暮雨像是將一年份的話語一次說出口似的，滔滔不絕的說著。

「當時我正好從人口販子的貨車逃出來，刺了抓走我的人一刀，渾身是血，那是我第一次體會到刀尖刺進人體內的觸感，那種感覺真實的頭皮發麻……我本來就是一無所有的孤兒，如今又刺傷了人，根本沒有未來可言。這樣的我漫無目的來到街上，正巧遇見了你們。」

「……」

「白火，妳還記得嗎？妳把手心攤在我面前，變出了小小的火光，然後馬上被白隼先生罵了一頓。明明只是一吹就熄的火焰，但是當下的我卻這麼認為……那團銀白色的火焰，是妳送給我的第一個禮物。」

幽暗中，白火隱約瞥見——暮雨勾勒出若有似無的笑容。

「——是妳，給了我名字。」

這是她第一次看見暮雨的笑臉，與十年前大相逕庭，卻又和十年前相似無比，澄淨的祖母綠眼眸泛出一團包裹她的暖意。

「妳給了我名字，並且再次出現在我的面前，讓我再度想起了我是誰……所以，沒關係的。」

他平順而緩慢的聲音讓白火的眼淚再次湧出眼眶，滑過臉頰，順著下顎的輪廓滴落而下。

儘管歲月飛逝，某些部分仍和十年前無異，暮雨的溫柔並沒有被時間沖刷散去。

淚水模糊了一片，白火顫巍巍的呼息著，將胸腔傳來的苦澀連同唾沫一起深深吞嚥而下。她重新振作似的抹去眼睛的淚水。

「……謝謝你……」

「嗯。」

「謝謝……真的很，謝謝你、暮雨……」

「我知道。」

但是每當道謝一次，眼眶就像是忘了轉緊的水龍頭，淚水照舊傾洩而出。

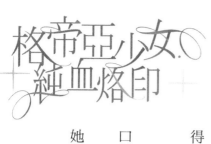

這般模樣實在太過狼狽，暮雨拍拍她弓起來的肩膀。即便沒有任何對話，白火卻聽得出來對方正在表示：妳也哭夠了吧。

「我們兩個人……都變了好多。」

「我可不想再變成以前那樣了。」提到他不堪回首的過去，暮雨無可奈何的吁了一口氣。

白火一邊擦著眼淚、一邊笑了出來，笑聲還帶著鼻音。現在的表情一定相當醜陋，她還是忍不住笑瞇了眼。

「對了，你還記得……當初離別時，你想告訴我什麼嗎？」

「忘了。」暮雨淡漠的撇過頭，「不是什麼重要的事情。」

「要是有一天能想起來就好了呢。」

話說回來……雖說恢復了記憶，接下來該做些什麼，又該如何是好呢？她找不到絲毫方向。

諾瓦爾一定是知曉她和暮雨的真實身分才會把她「帶回」公元三千年。

但是諾瓦爾究竟是誰？為什麼要冒著被時空裂縫捲入的危險行事呢？白火想破頭也猜不出來。

再者，現在的時間點是公元三千年，如果沒記錯的話，這時候的她應該三歲左右，還沒有和暮雨相遇。換句話說——目前的公元三千年世界裡，同時存在著兩個白火和兩個暮雨。

「現在是公元三千年，是我們當初被捲進裂縫的五年前……如果沒差錯的話，爸爸媽媽一定還在第五星都裡啊，暮雨。」白火想到問題的癥結點，她忍不住抓住暮雨的手腕，急迫的說道：「最壞的可能性，或許他們還在進行人造烙印的實驗……」

莫非之後潛入研究所時會遇到她的父母？白火不敢全盤否定。

「而且，如果提早阻止爸爸媽媽，說不定我們就不會被捲進時空裂縫裡……」

「不要貿然行事。一旦有個閃失，整個未來都會因此改變。」暮雨很清楚她在想什麼，立刻打斷她的話，「妳還記得以前妳和我提到平行世界的概念嗎？」

「……平行世界……」

暮雨頷首，「嗯，因為在同個時間點出現不同的抉擇，世界因此分歧。說不定……重新回到公元三千年的我們就會導致這種狀況。」

時空悖論，白火突然想起這幾個字。

就和蛋生雞、雞生蛋的原理一樣，假如她真的成功阻止了父母的實驗，父母就不會將她丟入時空裂縫裡，她也不會回到過去。

如此一來，「來自過去的白火」——也就是來自2012C.E.的她自己，又會有何下場？

——有兩個我。此時此刻，公元三千年的這個世界裡有兩個我……

別說是毫無解答與邏輯可言的荒謬理論，光是想到一切可能導致的結果，毛骨悚然的涼意就從腳底竄了上來。這完全超過她的腦袋負荷量，要是有個差錯，絕對不是死亡或者消失這麼輕易就得以了結。

「妳會再次來到公元三千年的世界，絕對是諾瓦爾想要改變什麼，但是目前還是不要輕舉妄動比較好。」

「諾瓦爾……」白火思考了半晌，時空悖論的概念讓她腦殼陣陣疼了起來，「說的也是，而且還必須避免和另一個我們、也就是小時候的我們接觸吧。」

暮雨沒有回話，只是點點頭，看來他又恢復了平日省話的性格。種種謎題的真相必定和人造烙印計畫有關，只要成功潛入研究所，絕對可以找到蛛絲馬跡。

再說，白火有股預感，應該說是絕對——至今為止引導他們的諾瓦爾，必定會現身於人造烙印研究所。

「之前在森林廢棄工廠裡，諾瓦爾給了我這個。」或許是剛好提到關鍵人，暮雨從口袋裡拿出了某樣東西。

由於白火昏迷時，暮雨把車廂內的燈關了，白火先去打開燈。

雖說調暗了亮度，她仍不適的瞇了一下眼睛。

現在顯然不是在意哭腫雙眼的時候，她適應燈光後，連忙湊近一看。暮雨手上拿著的是類似識別證的晶片卡，呈現金屬製的鐵灰色，上頭有著姓名與照片。

白火瞅到照片後神情有點不自然，「這是誰的照片？」好像在哪看過，但是想不太起來，她揉揉發疼的側腦。

「白隼先生的識別證。妳還沒想起白隼先生他們的臉嗎？」

「看到照片只覺得有點熟悉……」

白火的記憶顯然尚未完全恢復，再過一陣子或許就會想起來了。暮雨當初也是被折騰了好一番後，才回憶起八成左右。

「我也還沒全部想起來。當初我看到白隼這個名字時就直覺和妳有關聯，記憶恢復後就不用提了。」

「為什麼諾瓦爾手上會有爸爸的東西？」該不會是他把爸爸怎麼樣了吧？

「……不清楚，只是這張卡片應該就是人造烙印研究所的識別證。唯一能確認的是諾瓦爾肯定早就猜到我們修復了廢棄洋房裡的硬碟資料，並打算前往研究所。」

簡直像是在預言一樣，白火不可思議的半張著嘴。

她記得諾瓦爾在很久以前假裝無法閃躲攻擊而被芙蕾開了一槍，流了滿身血，如此壯大犧牲就只是為了將ＡＥＦ的資料交到她手上。

就結果而言，管理局確實也從諾瓦爾的識別證裡找到線索，解決了恐怖分子的太陽能發電塔引爆計畫。

接著是沙族救援作戰，諾瓦爾也助管理局一臂之力。

她脖子上的青金石項鍊也是諾瓦爾給的，如今諾瓦爾又帶領他們展開人造烙印計畫的調查……

諾瓦爾到底是何方神聖？白火不免又在心中納悶了一陣。

唯一可以確定的是，諾瓦爾不惜承受時空悖論的風險也要試圖改變未來。

「諾瓦爾……感覺不像是壞人。」沉默了數秒後，白火誠實說出自己心中的想法。如果諾瓦爾是想取他們性命，用不著這麼大費周章，一開始把她丟進黑洞裡任由她被風壓擠碎就好了。

「他確實不壞。」

「咦，你說什麼？」

無時無刻都想痛揍那個紅髮貓眼的暮雨竟然稀奇的表示同意，白火差點以為是自己聽力有問題。

暮雨沒有理會她的驚訝，只是沒來由說了一句：「沒關係，總會想起來的。」情報彙整大致上告一段落，確認白火無恙後暮雨站起身，打算回到自己房間。

「早點睡吧，明天抵達城鎮後還得做準備。」

暮雨臨走前，破天荒的摸摸她的頭，並滑開門，不帶半點躊躇的離開了。

白火望著離去的背影，這下才想起自己當初暈倒在車廂大廳這件事，是暮雨把她帶回房間的嗎？

恢復記憶所得到的衝擊固然大，但暮雨倒也沒說什麼「我會陪妳到天亮」之類的肉麻話。說來也是，經過了十年，性格劇變的他要是說出這種臺詞，反而會讓她雞皮疙瘩掉滿地。

白火又思考良久，而後沖了個澡，洗去眼淚和冷汗，準備就緒後再次鑽入棉被。陷入睡眠前，疑惑始終縈繞在她的心中——暮雨當時想對她說的話究竟是什麼呢？她下意識握住胸口上的青金石，隨著寶石的冰涼感被掌心暖化，逐漸陷入夢鄉。

★※★◎★※★

隔天早晨，白火哭過的雙眼理所當然還沒消腫，加上睡眠不足導致臉色慘白，瞳孔有血絲，鏡子裡的她活像是個殭屍。反正也沒辦法改善，只好裝作不以為意的打理儀容收拾行李。

火車到站後，兩人來到第五星都的某個邊境小鎮。

按照安赫爾的資料，人造烙印研究所位於城鎮一百公里外的郊區。暮雨先前獨自前來調查時，由於記憶突然恢復，中途就折返了，因此沒有成功潛入研究所。

這次為了掩人耳目，前往研究所的時間擬訂在黃昏時刻，約莫晚上可以抵達。

兩人將行李安置在下榻的小旅館，距離黃昏前還有些時間。白火下意識想起昨天晚上——也就是恢復記憶時，她直接叫了暮雨的名字。

雖說已經恢復記憶，但是兩人目前仍勉強算是上司與下屬的關係，她總覺得有些缺乏禮儀。

於是她開口：「暮雨先生，那個——」

「直接叫名字就好了，這可是妳取的。」奇妙的是暮雨似乎早就知道她想說什麼，在她還沒反應過來時就打斷她，接著補了一句：「我從以前就想告訴妳了。」

「這、這樣啊。那就……恭敬不如從命……」

這種難為情的感覺是怎麼回事？昨天晚上明明一點問題也沒有。白火這下反倒語塞說不出話來，只好掩飾害臊的把手放到身後，敬了個禮。

「那、那就請多指教……暮雨。」

「嗯。」暮雨稀奇的點點頭，應該算是很滿意。

「回去之後，要是大家發現稱呼變了該怎麼辦……」雪莉可能會直接踹斷她的喉嚨吧，白火光想到這點就摸摸自己隨時都有可能分家的頸子。

「遲早都得說的吧，包括恢復記憶這件事。」

說的也是，當初白火可是以「來自過去的純種烙印者」的身分轟動了管理局上級，安赫爾也為了找出真相，屢次想把她抓去手術檯解剖。而恢復記憶後，謎題也解開了，但是回到管理局後究竟會怎麼樣呢？她和暮雨會不會以人造烙印實驗的共犯或涉案關鍵人之類的理由被傳喚？

要是真的被抓走……白火偷瞄了身旁的暮雨一眼。嗯，應該沒問題，她有自信這人會在被逮之前把對方全部打到世界的另一端。

「對了，記憶恢復後我想了一下，我現在是十八歲。暮雨的話……」

他們是在八歲時被吸進人造裂縫裡的，白火在過去的臺灣生活了十年，又被諾瓦爾抓回公元三千年的世界。

另一方面，暮雨當初是回到 2987C.E. 的過去，換句話說——

「二十一。」暮雨說道。

「三歲……連年齡也出現差距了啊。」

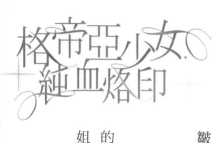

白火縮起肩膀，抬頭瞄了瞄高她一截的暮雨，欲言又止的行為當然是讓對方困惑的皺起眉頭來。

「又怎麼了？」

「沒、沒事。」

她不斷搖頭故作鎮靜。從前那個畏畏縮縮、老是被她當玩具玩、照三餐被她搶點心的小男孩如今竟然成了前輩，這種被超越的感覺讓她有點不是滋味。明明以前她才是姐姐的。

來到公元三千年後被魔鬼暮雨狠狠奴役、好幾次差點死在烙印鐮刀下、每天都在高壓統治下執勤……如果種種局面都象徵著她以前欺負暮雨的現世報，那白火也只能自認理虧。

「有種因果報應的感覺對吧？」完全讀透她心思的暮雨再次開口，這次口氣有點上揚，看似心情不錯。

「你、你怎麼知道？」

「因為我也這麼覺得。」

不過如果可以的話，還是希望暮雨稍微恢復以前的性格，以前明明那麼可愛的……白火還是不免咕噥了幾句。

★※★◎★※★

時間一下子來到黃昏。

兩人租借了代步用的超級浮空機車，以超高速在郊外奔馳。暮雨負責駕駛，白火戴上全罩式安全帽坐在後座。

從硬碟裡解讀的資料大略點出研究所的位置，距離城鎮尚有一段路程，兩人在定點停下車，循著安赫爾提供的資料尋找研究所的地標。

既然是秘密研究所，建築物必定會經過偽裝，甚至是利用光學迷彩掩人耳目。四周只有稀疏的樹林，白火和暮雨壓低腳步聲走進樹叢裡，太陽幾乎完全西沉，漸漸化為深紫色的視界受到阻礙。

搜索了良久，來到樹林深處。白火似乎看見樹幹交織的遠方有著一道黑影，她撥開樹叢一看。

「……小木屋？」

「進去看看吧。」暮雨領頭走向前。

郊外樹林裡會有小木屋自然不稀奇，有可能是供旅人使用的休息室。由於害怕被發現，兩人也不敢使用手電筒等光源強大的照明，只好摸黑前往木屋。

門沒有上鎖，暮雨率先打開門探頭一看，確認無恙後才示意白火跟上。

牆上似乎有電燈開關，當然，兩人沒有開燈的打算。

「好像是個倉庫，什麼也沒有……」走進木屋後，白火瀏覽了一下屋內，雙眼習慣黑暗的緣故，她稍微能看清內部擺設。

除了基本的桌椅外，可說是毫無生活機能。地面凌亂，桌上積著灰塵，室內堆疊著紙箱和木材，還可以感覺到混濁空氣中瀰漫著塵埃粒子……與其說是木屋，不如說像個廢棄建築。

另一方面，暮雨則是發現遍布雜物的長方形木屋內部，其走道似乎延長到深處。他謹慎的朝裡頭前進，正當隱約瞥見深處似乎有道門時，耳邊猛地傳來了腳步聲。

腳步聲正是從深處的門裡傳來的。

「……」

暮雨望向白火，兩人迅速離開木屋，躲到木屋後方的草叢裡。

不出所料，不久後確實有兩個人影推開木屋大門走了出來。

夜色下，白火從角落稍稍探出頭來一看，是兩位穿著白袍的男子。

兩個男人正拿起打火機點燃菸草，吞雲吐霧了起來。抽菸之際還夾雜著談笑風生，距離太遠的緣故，白火聽不太清楚。

「穿著白袍？該不會……」

「嗯。」暮雨點頭表示同意，竟然會有兩個穿白袍的人從裡頭走出來，那間木屋絕對有問題。

若是平常的魔鬼暮雨，大概會直接把那兩個白衣男子抓過來盤問才對，但這次的潛入搜查不能如此高調，此刻也只能等那兩個白袍折回木屋裡了。

等待了好一段時間，抽完菸的兩位男子再度走回木屋中。確認周遭再無動靜，白火和暮雨再一次潛入木屋，來到最深處的門扇前。

這次白火湊近一看才發現，在打開偽裝用的木門扉後，裡頭竟然是疑似電梯的鐵製自動門，旁邊的牆上還掛著識別身分用的感應器。

——怎麼看都不像是一般木屋裡會出現的東西。

她瞧著牆上的感應器，不禁開始聯想：「身分識別系統，該不會……」

「試試看吧。」暮雨也猜到了，他拿出從諾瓦爾那裡得來的金屬識別證，朝感應器刷了下去。

感應器的紅燈瞬間轉綠，發出「叮」一聲，小螢幕上顯示出幾個字：「身分識別：白隼。」同一時間，眼前的鐵門朝兩邊滑開。

自門縫滑出的光線刺得白火瞇起眼睛，她重新定睛一看，「……電梯？」她瞧著四方形空間內的鏡子和樓層按鈕。

暮雨收起識別證，看來是押對寶了，「果然沒錯，進去吧。」

他率先走進電梯裡，朝天花板四個角一看，沒有監視器的樣子，確認無安危才把白火抓進來。

電梯門闔上，白火看著樓層按鈕，樓層竟是從地下五樓開始算，最底層是地下十五樓。這間木屋底下究竟有著什麼？回想起剛才的白袍男子，她自己心裡也有個譜了。

「暮雨，現在該怎麼辦？」

暮雨打開錶形手機的投影按鈕，影像隨即從手機螢幕投射而出。是從硬碟裡找到的內部地圖，雖說標示粗略，姑且還能使用。

暮雨稍微看了一下地圖，「先到最底層十五樓吧。」這裡可用不著蓋地下停車場，沒意外的話，最底層應該是倉庫之類的地方，從底下慢慢殺上去比較不會踩到地雷。

「我知道了。」

兩人直接來到最底層十五樓，電梯門打開的瞬間，白火和暮雨貼在電梯死角內，利用鏡子反射確認外頭的狀況。

看來暮雨猜對了，底層並不是主要研究室，沒有人煙的氣息。

他們走出電梯門，率先尋找天花板上的監視器，確認無礙後趕緊移動到陰暗角落。

白火重新瀏覽一下目前的空間，以白色為基調的牆壁與磁磚，走道與房間隔間也是清一色的白，磁磚地面光滑發亮，反射著頭頂上的白色燈光。

冰冷——感覺不到暖度的無機質空間，空氣中散發著若有似無的藥水味。

「果然這裡就是人造烙印的研究所吧……」白隼的識別證加上眼前的光景，白火不禁謀求同意似的低喃。她壓根也沒想到研究所竟然會偽裝成森林木屋的外觀，並潛藏在地底下。

「接下來要是有什麼危險就快點逃，用不著管我。」暮雨優先訂下了規則，從上回森林工廠廢墟的陰謀，就可以察覺到他已經被盯上了，目前又是懲處禁閉中，要是在這種情況下被逮到，下場可想而知。

「……我知道了。」白火乖順的點點頭，接著補了句：「我不會讓你被抓到的。」

研究所內部宛如迷宮，走道筆直細長，一旦展開衝突就難以逃脫，暮雨的武器攻擊範圍也會受限。

這時，暮雨按了一下耳朵上的通訊器，低聲說道：「安赫爾，聽得見嗎？我們已經進來了。」

通訊器的另一端沒有回應。

收訊良好，沒有出現雜音。

「安赫爾？」暮雨又問了一次，仍舊沒有反應。不是說好潛入後就開啟通訊的嗎？那個混飯吃局長是跑去哪了？這下只能憑著現場判斷狀況了。

暮雨和白火沿著地圖來到某個樓梯口死角，貼在牆上伺機行動。

白火不用問也知道他想做什麼，兩人現在的裝扮太過醒目，根本沒辦法行動——暮雨多半是想抓個路過的研究員倒楣鬼，把對方的白袍搶來穿。

底層十五樓應該是類似藥品放置區，人煙稀少，就在白火思考著乾脆跑上樓主動出擊時，剛好有兩個研究員走下樓。

前任魔鬼科長和菜鳥科員利用長期配合以來的絕佳默契，算準研究員下樓梯轉角的時機，一齊衝了上去，直接從背後拐住研究員的脖子，手臂往後扭，然後用手刀狠狠往對方後頸的地方敲下去。

「喀噹」一聲，兩位路過的研究員連哀號也來不及就暈眩倒地，白火和暮雨搶過研究員身上的白袍。

「這樣暫時就沒問題了吧。」白火總覺得這種偷襲成自然的自己有點悲哀，她捲了一下袖子，有點大件。保險起見，她連對方掛在脖子上的識別證也搶了過來。

「順便把這兩個東西綁起來丟到角落，省得醒來麻煩。」暮雨踢了踢倒在地上的兩名研究員。

「丟到哪？」

必須是不會有人察覺的隱密處才行，暮雨四處張望，恰巧瞄到道路盡頭的女廁。

白火順著暮雨的目光看了過去，她大概能猜出對方想做什麼，抽抽眼角，「……我知道了，交給我吧。」

於是暮雨相當體貼女性的主動把兩位研究員扛起來丟進女廁門口，再由白火把研究員拖到廁所最深處的儲藏室。

白火將衣物的布料塞滿研究員的嘴，用倉庫裡的繩子把對方綁死，最後再用掃把卡住門的斜對角封住門。

按照研究員的比例，女性應該算少數，地下十五樓也沒什麼人影，應該能撐一段時間。希望裡頭的人不要餓死或是窒息，她在緊閉的廁所門前雙手合十表示歉意。

「好了，走吧。」處理完畢後，白火走出女廁，比了個ＯＫ的手勢。

這下搶到白袍和識別證，萬事俱備，終於可以正式展開調查。

兩人沿著十五樓一路往上，不巧的是才剛走上樓層，就迎面遇到其他研究員。

白火和暮雨穿著研究員白袍，只要保持鎮靜基本上不會被發現，她屏住呼吸，和緩僵硬的肩膀，心平氣和的與迎面走來的研究員擦身而過時——

「真是個美麗的夜晚，兩位。」

擦過她肩膀的研究員冷不防丟出了這句話。

白火瞬間渾身一冷，「這、這個聲音是——」她連轉身的間隙也沒有，就被對方抓住胳臂，整個人被扯了過去。

對方戴著的黑粗框眼鏡下，是一雙宛如金色月亮的琥珀色眼瞳。

「跟我過來吧。」他將白火和暮雨推進最近的小房間裡，隨後自己也滑了進去，輕巧的鎖上門。

「諾瓦爾？你怎麼會在這裡？！」白火驚恐的瞪著眼前喬裝成研究員的ＡＥＦ恐怖分子。

諾瓦爾酒紅色帶點自然捲的中長髮束了起來，並垂在肩上，鼻間上掛著從沒見過的黑色粗框平光眼鏡，鏡片下的貓眼瞳孔閃爍著奇異的光芒，他的兩隻手從容自在的插進白袍口袋裡。

白火甚至能隱約從襯衫衣領下瞥見諾瓦爾咽喉上的烙印刺青。

雖說她老早就猜到這個紅髮貓眼會出現在研究所裡，可實際上見到了還是讓她嚇得目瞪口呆。這人是在她體內偷植了追蹤系統嗎？

「我勉強也算是研究所的一分子嘛。」諾瓦爾裝模作樣的推了一下裝扮用的黑框眼鏡，「倒是你們也太慢了吧？我可是等了好久呢。」

「諾瓦爾。」

暮雨突然呼喚他的名字，他凝視諾瓦爾的視線與平日極為不同。那抹眼神摻雜著諸多情緒，警戒、回憶、惱怒，甚至還存在著自責與哀傷。

諾瓦爾盯著暮雨那極為複雜的眼神，絲毫不為所動，露出貓一般的狡詐笑容，「暮雨會親自和我搭話，還真是稀奇。」

「過來的途中，我和白火想起以前的事情了。」

「這樣啊，那還真是恭喜。」

「你是刻意讓我們恢復記憶的吧？」

諾瓦爾把眼神飄移到遠方，自嘲的嗤笑一聲：「聽說細雨和黃昏交織的景色稀少難見，如果可以的話，我還真想見識一次。」

答非所問。白火從他戲謔的眼神讀出了異狀，「你這是什麼意思？」

——細雨和黃昏交織的景色，夕陽下的雨點，為什麼諾瓦爾知道這件事？

諾瓦爾沒有回話，而是轉過來望向白火，遲遲不發一語。

反倒是暮雨，他狐疑的瞪向白火，「妳還沒有完全想起來嗎？這個人是——」

「別說。」諾瓦爾突然扼住暮雨的手腕，力道大到手背浮出血筋，微微顫抖。他的蜂蜜色眼瞳，散露出至今為止未曾出現過的冷冽，「想不起來也無妨，畢竟不是什麼好回憶。」

暮雨瞪了他一眼，甩開諾瓦爾的手，「……隨你高興。」

諾瓦爾揮揮被甩出紅印的手，「非常感謝你的合作，我就是喜歡你這性格。」他聳聳肩，一改稍早的冰冷態度，煞有介事的敬了個禮：「那麼，言歸正傳——歡迎來到人造格帝亞烙印研究所。接下來就讓我帶領兩位追尋研究所的真相，跟我過來吧。」

他走出房門，率領兩人走進電梯裡，來到研究所八樓。

有著諾瓦爾領頭，白火一路上都佯裝鎮靜，以免引來其他研究員的疑心。一行人穿越八樓的研究室與實驗室，來到樓層深處。

奇怪的是，越往裡面走，研究員的數量漸少，再打開走廊深處的最後一道門後，已經瞧不見任何人影。

「這道門也有識別機制嗎？」白火發現牆上又出現了識別證感應器。

「嗯，基於權限，只有上級的極少數人可以通過。」諾瓦爾點點頭，「把白隼先生的識別證給我吧。」

暮雨將白隼的識別證轉交給諾瓦爾。諾瓦爾刷下識別證，並輸入密碼後，感應器的紅燈轉綠，電子門扇滑了開來。

走進電子門裡，又是數十公尺長的筆直走道，途中空無一物，地板與頭頂潔白的幾乎讓人迷失空間感，周遭安靜到只能聽見鞋跟敲打地面的聲響。

約莫直直走了五分鐘後，走道一瞬間敞開，形成一個橢圓形。宛如雞蛋般的球形空間包裹住白火一行人。房間內羅列著長櫃以及電腦等等精密儀器，連結電子儀器的電線

★※★◎★※★

宛如髮絲般被捆成一束束，沿著牆邊蔓延而開。

內部還有其他房間，分別為實驗室以及手術室等諸如此類，房間門口上方的指示燈亮度格外刺眼，折騰著視覺。

數十個電腦螢幕遍布於牆上，顯示著類似實驗報告的數據資料。

白火雖看不太懂，內心卻有股恐慌油然而生。

——對了，好像是……好像在哪裡看過……

她按住發疼的側腦。小時候闖入父親的書房時，似乎也見識過類似的東西。

孤兒，編號，病歷表，實驗。

與白老鼠無異的——人類。

「這裡是人造烙印計畫的最機密研究室，整個計畫的中心。」諾瓦爾走到電腦主螢幕前，俯視了數以千計的數據資料文本後，轉而看向兩人，「同時也是——ＡＥＦ成員的出生地。」

「ＡＥＦ的……出生地？」

「沒錯，被擄來的孤兒和時空迷子在這裡經過無數次人體實驗，在極低的手術成功率下倖存。實驗成功後接著會被灌下大量精神藥物，植入控制行動的晶片——於這種地獄中誕生的，就是擁有人造烙印力量的ＡＥＦ。」

諾瓦爾走到電腦前，刷上白隼的識別證，輸入密碼，熟練的操作電腦。

不一會兒，牆上的大螢幕影像一換，開始播放紀錄片。

首先是閃過無數個孩童與青少年的照片與身分資料，孩童們無一不被剝奪所有的人權與尊嚴，無人擁有名字，全都以編號歸類，並顯示出各項抗體與藥物的數值。

儘管是童稚未脫的孩童，白火卻依稀能察覺到紀錄片的照片裡，有著和她記憶中相似的面孔。有些成員曾與她正面交鋒過，有些則是透過路卡和荻深樹的轉述。

身著異服、輪廓清秀的黑髮長辮少年，陸昂。

五官深邃奪人、香檳色瞳孔閃閃發亮的少女，榭絲卡。

草綠色短髮、蒼白無血色的男童，尼歐。

找不到年幼的諾瓦爾。

畫面一轉，白袍研究員將麻醉藥劑注入瘦骨如柴的孩童體內，然後將其一一推上手術檯。接著抽出血液，注入不知名的濃稠液體，甚至是用手術刀劃開四肢與腦殼。

鮮血染紅視界，影像螢幕一片赤紅。那抹熾烈，遠遠勝過白火的朱色瞳孔。

酸楚湧現而上，白火反胃的作嘔，明明只是紀錄影像，她卻彷彿嗅到血液與內臟的腥臭般，身歷其境的乾嘔起來。

研究員將手術檯傾斜角度，手術途中失去生命跡象的孩童就這樣滑落手術檯，淪為垃圾被丟進廢棄物處理箱。處理箱裡的孩童瞠大瞳孔，發僵的四肢扭曲成怪異角度，唾液白沫流出嘴邊，研究員連看也不看一眼的合上箱蓋。

實驗名單驟減，手術檯上持續傳來慘絕人寰的哀號與呻吟。

「夠了，諾瓦爾……已經夠了……我不想再看下去了……」白火掐住自己乾咳的脖子，跪倒在地，咳出苦澀的唾沫。

這所有的畫面絲毫不見一丁點人類該有的尊嚴。

諾瓦爾沒有停手，紀錄片持續播放。

腦後垂著辮子的黑髮少年被送上手術檯，和先前不同的是，少年手背上多了奇特的黑色刺青，刺青猶如黑蛇般纏繞他細瘦如柴的右手。是陸昂。

陸昂乾瘦到幾乎只剩下皮與骨的胸口被鑽了個洞，植入機械零件。

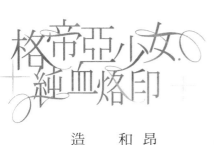

疼痛讓陸昂發狂嘶吼，身體像是彈簧似的不斷彈跳而上，打壞手術檯旁的器具。陸昂淒厲悲慘的哀號讓人幾欲聾了雙耳，那是才剛經歷變聲期的青澀嗓音，如今卻嘶啞的和野獸無異。

白火湊巧看見了陸昂映照在手術檯上的影子，這下她懂了，和一般烙印者不同，人造烙印者因為是被強制改造肉體，並植入細胞與病毒，因此擁有影子。

這時，白火看見陸昂因失去理智而劇烈的扭動身軀，他手臂上的刺青發出光輝，數秒內，光芒竟然在陸昂手上凝聚為一把軍刀。

研究員似乎也被這突發狀況嚇著，個個呆愣在原地。

陸昂咬緊滿口血的牙齒，不管身處劣勢，直接用軍刀朝距離最近的研究員一砍，險些斬斷研究員的胳臂。

霎時間，血花四濺，手術室一片驚叫。

陸昂潔白的身軀淌著濃稠的鮮血，發狂的他打算逃亡，卻立即被注入更大量的鎮靜劑。宛如被狩獵的野生動物般，陸昂再次倒回手術檯的同時，畫面一黑，紀錄片影像又換了角度。

白火清清楚楚的看見了負責人體實驗手術的其中一位醫師。雖然手術帽與口罩遮擋住那醫師大半的面容，但那自她遺忘的記憶中流洩而出的黑色眼睛——是白隼。

「騙人，為什麼……為什麼爸爸他……」

「妳的父親——白隼先生他，正是參與人造烙印計畫的主要人員之一。」諾瓦爾閉上眼，嘆了一口氣。他並沒有走上前攙扶住崩潰倒地的白火。

「為什麼……要做這種事……」

「白隼先生被威脅了，要是不照辦的話，他的女兒——也就是妳，白火，就會成為人造烙印的實驗品。」

「爸爸是……為了我……？」

諾瓦爾的聲音將白火心靈底部的「某樣東西」牽引而上。

「您若是非要人不可，那麼就請帶走我吧，老爺。」

她聽見某位少年的低語，淡漠到扼殺情感。

「請不要帶走暮雨，白火小姐會難過的。」

她無法想起那位少年的面容，但不知怎的——視線無法自拔的望向前方的諾瓦爾。

諾瓦爾播映的紀錄片尚未中斷，畫面再次轉動，背景從手術室轉為另一個房間，房間內並排著無數座鐵籠，鐵籠內關著根本可說是「黑影」的團狀物。

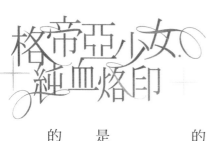

籠內的黑影不斷變化形體，一下化為四腳的動物外形，下一剎那又轉變成無法形容的塊狀物。

白火瞳孔縮放，這些牢籠與黑影，她印象再清晰不過。

「這是……影獸？」

「沒錯，你們還記得在沙族自治區那裡找到的秘密實驗室嗎？這和實驗室裡的黑影是同樣的東西。」

「那些黑影到底是什麼？」先別提諾瓦爾為何知道她和暮雨當時找到了地圖未顯示的秘密空間，白火只感覺紀錄片裡的黑影怪和以前陸昂從時空裂縫裡召喚出的影獸有所差異。

白火找不到形容詞，她認為比起影獸，這些黑影似乎更加的、更加的……擁有思考能力。

諾瓦爾吸了一口氣，「這些黑影——是『人』。」

「人？」

「沒錯。人造烙印導入失敗的實驗體大半會當場死亡，但是也有一部分會因為適性問題產生被病毒吞噬的病徵與突變症狀，逐漸成為黑影般的怪物。大致上和陸昂利用時空裂縫抓出來的影獸是同一類生物。」

諾瓦爾拉開襯衫衣領，顯露出自己頸子上的人造烙印刺青。

「不是有種說法是格帝亞病毒會將人類的影子吃掉嗎？同樣的，人造烙印手術失敗的實驗體則會被影子吞噬，徹底成為黑影的一部分。就像是詛咒的反噬一樣，聽起來很諷刺吧。」

「這些影子是……人……」

「數十年間管理局來不及救援的時空難民，接連失蹤的迷子與孤兒，當中也包含榭絲卡的沙族同伴，大多數的人不是死在手術檯上，就是成為這些黑影。妳現在看到的鐵籠房間就是為了隔絕所有光源，讓黑影怪自動湮滅的機制。你們兩個應該也清楚吧？那些黑影怪光靠武力是殺不死的。」

白火無法回應，諾瓦爾繼續侃侃而談：「黑影怪會襲擊沒有影子的烙印者，多半也是因為生前死於人體實驗，極度渴望力量，導致精神驅使本能的緣故吧。這些非科學理論我也不清楚就是了。對了，雖說黑影怪擁有情感，但似乎沒有理智可言，我做過實驗了，妳就別妄想能找到讓那些黑影怪恢復原狀的方法了。」

「他們，是，人……」

成千上萬的衝擊真相成為炸藥，轟開白火的腦袋。

她瞪著自己發顫的掌心，指尖發冷沒有知覺，視線無法對焦，豆大的眼淚撲簌簌滴落而下。

明明手掌白皙潔淨，她卻感覺自己的雙手溼黏腥臭，沾滿了黑影與鮮血。掌心上的每一條掌紋，都流著無法洗淨的罪業溝壑。

「是我……殺掉的……」

爸爸因為她而成了殺人凶手。

她自己也曾經為了自保，擊倒了那些黑影怪。她殺了人。

「都是因為我。我把、我把那些人給……」

「不是的，妳沒有錯。」暮雨屈膝跪下，按住她的肩膀，眼神不偏不倚的直盯著她的雙眸，「白隼先生是為了保護妳才選擇這麼做的。而那些黑影怪……是我，當初是我處理掉的，和妳一點關係也沒有。」

暮雨的眼神堅定的不容置喙，白火被那雙祖母綠眼瞳震懾的啞口無言。

「可是、都是因為我──」

「可別把自己想得太偉大了，白火。無論如何，我們都會走上這條道路。」

這次，是諾瓦爾說話了。

今日的諾瓦爾和平時截然不同，他一改平時嘻笑輕浮的態度，口氣裡流淌出異常的冷然。

「無論如何，白隼先生依舊會被威脅，那些實驗失敗品也終究難逃一死。」諾瓦爾走上前，單膝跪在白火面前，握住她冰冷失溫的手，「妳唯一能做的就是改變未來，這就是我把妳帶回這裡的理由。」

「改變……未來？」

「沒錯，現在可沒有時間讓妳流淚，想哭的話等到成功改變未來時再哭吧？」

諾瓦爾的語氣冷酷，然而當他用指腹抹去白火臉上的淚水時，舉止卻溫柔的化為一道暖流，導入白火心中。

這雙手，這個指尖，她似乎、她似乎曾經……

眼前的這個人，這位時而溫柔、時而嚴厲，無法捉摸心思的青年，究竟是為什麼會出現在她眼前呢？

她想追問，卻有股無形的枷鎖阻撓她追求真相。

白火粗魯的擦掉眼角的剩餘淚水，吸了吸鼻子重新站起來。方才目睹的紀錄片內容遠比當初記憶恢復時的衝擊力大出無數倍，她吐出混雜恐懼與憤怒的氣息，握緊拳頭，身體直到現在都無法停止發抖。

「究竟是誰……為什麼要做這種慘無人道的實驗？」大致上已經釐清人造烙印計畫的內容了，她接著詢問事件的核心。

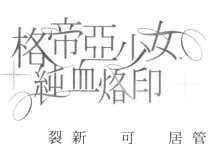

「在這個世界上，至今仍殘留著實際力量的烙印者極為少數，其中一部分被納入了管理局。人造烙印計畫的目的就是創造出能與管理局匹敵的烙印者，肅清間接影響原生居民權益的異邦種族，並奪取權力。」

「權力？」白火不懂，管理局的工作內容不就只是搭救時空迷子嗎？哪有什麼權力可言？

「利用人造烙印創造出人造時空裂縫，獲得力量與權勢，並取代管理局的地位，重新劃分社會格局，這就是ＡＥＦ的成立理由。」諾瓦爾強調：「只要能夠操縱人造時空裂縫，不就等於擁有絕對力量了嗎？」

白火難以理解這是什麼道理，「利用時空迷子來……扼殺掉時空迷子的性命……」

暮雨環顧四周，精神掌控與藥物導入，目的則是重新劃分權勢與地位優劣，此實驗計畫必定伴隨著龐大的利益關係。能支付如此高額經費，除了世界政府外，他想不到任何機構。

「是世界政府搞的鬼嗎？」於是他問道。

「不全然是，政府也被蒙在鼓裡。實施整個計畫的，是隸屬政府的時空管理特別情報部門。」

白火皺眉，「特情部？」不就是前陣子把暮雨拉下科長位置的特殊單位嗎？

「沒錯，就是政府用來抗衡管理局所設立的部門。前陣子的森林作戰也是他們擬訂的計畫之一。關於人造烙印計畫的存在，政府本身也不知情。」

諾瓦爾解答完畢後，現場再也無人開口，眾人的耳邊只剩下紀錄片重複播放的音效聲響。

龐大的訊息一次灌入白火腦中，彷彿潰堤的洪水般掃亂她每一條神經。

數十年來的時空迷子失蹤事件、沙族自治區和海邊別墅旁出現的研究室，都和人造烙印實驗有所牽扯。若是按照諾瓦爾所提供的資訊，五年後——她所處的 3005C.E. 就是持續著人體實驗的世界嗎？

櫻草所在的五年後的未來，莫非就是這種地獄？那麼櫻草之所以會如此厭惡管理局的人，是不是因為五年後管理局已經失去抗衡力量的緣故？

「——還真被我找到了，伊格斯特的走狗們。外加一隻野貓叛徒。」

研究室入口忽地傳來一聲呼喊。

同一瞬間，一道利刃切開空氣，直逼白火的鼻尖！

「閃開！」

白火還反應不及，身旁的暮雨早已用刀擋下攻擊，將對方的刀刃彈回去。

身穿白紫相間長袍的青年仰身往後一躍，垂在腦後的黑髮長辮宛如動物尾巴似的隨之舞動。

青年瞇笑起東方臉孔特有的鳳眼，明明是笑靨，脣下若隱若現的齒牙卻讓人發寒。是陸昂。

稍早在紀錄片裡看到的少年，如今竟出現在眾人眼前。

光是看見那張和紀錄片當中的輪廓重疊的面容，白火就覺得四肢冰冷。

暮雨壓低聲音質問：「為什麼你會在這裡？」

「哎呀，多虧那隻混進去的老鼠呀，真是萬分感謝、萬分感謝。」陸昂轉而看向白火，「今後還是過濾一下自己的交友圈吧？沒見過世面的小姑娘。」

暮雨馬上就理解他的話中道理，「……內賊？」

諾瓦爾提到過有內賊混入管理局，莫非內賊已經掌握了他們的行蹤？

不只是陸昂，陸昂身後還站著一位身穿白袍的女研究員。女研究員一發現有人入侵機密實驗室，旋即警戒的弓低身子，躲在陸昂身後。

「對了，我都忘記了……感謝您的協助，畢竟以我的權限根本進不來呢。」陸昂單手護著身後的女研究員，並轉身說道：「所以就請您暫時歇一會兒吧？研究員女士。」

「什麼——嗚！」

女研究員還沒反應過來，就被陸昂突然重擊腹部，暈倒在地。

「這下清閒多啦。」陸昂顯然不是憐香惜玉的類型，他瞧也不瞧倒地的女子，轉身一蹬，跳到白火和暮雨面前，「擅自窺探他人的隱私感覺如何呀？伊格斯特。多虧你們侵犯隱私，也讓我回想起來啦，當初那開刀可真是疼死我了。」

「陸昂……你為什麼不反抗呢？」

白火腦中全是紀錄片裡的影像，陸昂血淋淋的倒在手術檯上。一回想起那夢魘，她竟然無法凝聚出烙印火焰。

——為什麼這個人不逃走，而是選擇繼續待在ＡＥＦ裡？

「反抗？哈哈哈，妳說我嗎？別笑死人了，哪反抗得了啊。」陸昂冷哼一聲，他是真的打從心底感到輕蔑與不屑，「實驗成功後就被持續灌下大量的精神藥物，胸口也被開了個窟窿，植入追蹤器和控制晶片，我們ＡＥＦ就和家畜沒兩樣，妳覺得柵欄裡的畜生能逃到哪兒去？」

陸昂接著瞟向諾瓦爾，「不過，你好像有點不同是吧？實驗紀錄裡沒有你的數據，你不像我們一樣被進行反覆實驗，似乎也不受藥物控制的樣子。野貓，你究竟是如何加入ＡＥＦ的？」

諾瓦爾絲毫不為所動，兩手一攤，「看來你不意外我和管理局的人有勾搭呢。」

「怎麼可能會意外？我養過貓，自然明曉貓科動物就是這般陰晴不定，原本也打算繼續看戲下去……可這次，你是真的踩到老子的地雷啦。」

陸昂一邊晃著腦後的辮子，手一甩，變出了人造烙印的軍刀。

「老子現在心情奇差無比。被這隻貓眼背叛、沒事得被迫看這種鬼紀錄片想起那些狗屁倒灶的回憶，還被梅菲斯嘮叨什麼別隨便在街上打開人造時空裂縫？嘖，你們以為我是自願來到這鬼地方當什麼鬼實驗體的啊？連點最低程度的娛樂都要被限制嗎？憑什麼老子得跟隻流浪狗一樣，你們這群人卻能光鮮亮麗的活下去？」他轉著手上的軍刀。

果然，上次被路卡打傷的肩膀尚未恢復完全，如今他的動作有些生硬。

「不過嘛，既然是頭子的命令……」陸昂獰笑道：「我這次就乖乖聽話，不再仰賴時空裂縫啦。」他冷不防扛起被他打暈的女研究員，一個跳躍，衝進實驗室深處的某個房間前。

房間上的門牌寫著幾個字：黑影處理室。

「想救人就親自去和黑影搏鬥吧？伊格斯特的走狗們。」

「……嘖！」暮雨啐了一口，立刻追了上去，衝向黑影處理室。

若暮雨沒看錯，剛才那位女研究員並沒有影子，她是一名烙印者，也是黑影怪追殺的對象。

白火和諾瓦爾也追趕而上，在衝進黑影處理室的同時，原本漆黑無光的房間被陸昂開啟了燈源。

潛伏在裡頭的黑影怪宛如墨水漬般綿延不斷，少說有二十隻。

陸昂早已打開關住黑影怪的鐵籠。黑影怪衝出牢籠的剎那，自然是撲向陸昂身上的女研究員。

「嗚哇，我的昔日同伴還真是野蠻。」陸昂輕笑一聲，退後閃過黑影怪的攻擊，像是扔擲物品般把女研究員拋了出去。

陸昂將女研究員扔出的下一秒，旋即身體一跳，躍到處理室外頭，「前陣子被你們打穿的肩膀還沒痊癒，老子也沒打算和你們耗下去，自個兒去和實驗失敗品嬉戲吧。」

話畢，他同時關上黑影處理室的門。

「陸昂，慢著！」白火衝上前，發現這扇自動門竟然沒半點反應，「被鎖住了？」她用身體衝撞門，自動門仍絲毫沒有敞開的跡象。

標準的密閉空間，如潮水般湧上的黑影怪，退路已被封鎖。

「這下可真是糟了，陸昂小朋友真的狠下心來把我們關起來啊，對昔日戰友還真刻薄。」諾瓦爾敲敲門，還真的打不開，他們全被關在處理室裡和怪物相親相愛，「我是沒什麼差別啦，畢竟我有影子，黑影怪對我沒興趣。」

「不要說風涼話，諾瓦爾！」

白火這時發現早一刻衝進處理室的暮雨為了保護失去意識的女研究員，已經被黑影怪包圍。

暮雨反手握住鐮刀握柄，以身體為圓心將彎刀一揮，揚起冰霜般的風壓，湧上的黑影怪接連被風壓傾倒，退散而開。

但這也只是暫時的，黑影怪退後了些許距離，再度化為團狀，不死不休爬了上來。

「暮雨！」

「不准過來！」

白火可沒打算眼睜睜看著同伴成為黑影怪的飼料，她壓低身子，兩手貼地，將全身的力量集中於掌心。

須臾，所有熱流透過她的掌心傳入地面，她的瞳孔化為血紅，手上的銀色火焰宛如引信般蔓延而開，化為火線，擋住黑影怪的去路。

濃稠的塊狀黑影察覺到有其他烙印者，扭動潰爛的身軀，轉而朝白火逼近。

「很好，都把目標轉移到我身上……就是這樣！」白火收起火焰，一個衝刺踩上牆壁，以牆壁為支點再度往上跳，飛躍過黑影怪的頭頂，移動到處理室的更深處。

黑影怪齊齊以白火手上的火焰為標的，蠕動身軀，改變身形，從變形蟲般的外觀轉為擁有四足的野獸，邁開大步開始追逐戰。

「嗚哇，竟然還能變身，太作弊了吧！」而且速度超快！

白火一時間遺忘了這些黑影怪都是人類的事實，求生本能瞬間爆發，只能一股腦拔腿狂奔。

黑影處理室或許為了保險起見，空間寬敞無比，好拉開黑影怪與研究員的距離。

白火看見處理室的最深處竟然還有其他小房間，但距離過遠的緣故，房門在遠方呈現為一個黑點。

「……那個蠢貨！」暮雨雖說被救了一命，仍氣得想掐死自己的部下，保護著女研究員的他騰不出手，只能往後大吼：「諾瓦爾！」

「用不著你說，交給我吧。」

諾瓦爾早就扔掉變裝用的眼鏡和白袍，他的手一揮，烙印的銀色操偶線掛上高臺的同時，一個跳躍，像是吊鋼索的空中飛人似的朝白火的方向飛了過去。

暮雨這邊暫時是脫離了險境。

他看著懷裡的女研究員，是位約莫三十歲出頭的女性，柔和的淺杏色短髮，修長的身軀，以及偏向西方人的深邃面孔。

女性明明緊閉著眼，暮雨卻不知怎的能猜出來——她是位有著灰眼瞳的女性。

但是為什麼？

腦中記憶不安分的竄動，為什麼他會這麼清楚？

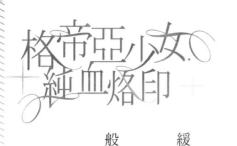

暮雨尚未回過神來，懷裡的女研究員皺緊五官，「唔、嗚……」發出難過的呻吟，緩緩的睜開眼睛。

不出他所料，細長睫毛下的是一雙厚雲般的灰霧色瞳孔。

「這、這裡是……我……」女研究員起身，撫著被重擊的腹部，她像是回想起什麼般的急促吸了一口氣，問道：「那個ＡＥＦ的成員呢？」

「把妳丟進處理室，然後自己逃了。」

「你是……」

「不重要。」暮雨站了起來，體貼的抓住女研究員的手，將她拉起身。

暮雨將她拉到身後，原因很簡單——並不是所有黑影怪都追隨著白火離去，當中也有幾隻黑影怪被暮雨的烙印所吸引，半路折了回來。

「妳為什麼會和那個辮子男進來實驗室？」暮雨問道。

諾瓦爾說過機密實驗室需要特別權限才可進入，既然這女研究員可以通關，想必有一定的職權。

女研究員轉動眼珠子，張望四周景色。此刻冷靜到完全無法讓人聯想她前一刻還是暈倒在地的受害者。

「……我恰巧看見系統裡有白隼的識別證登入，但是他明明在出差中，我覺得不對勁就前來確認，恰巧遇見了那位名為陸昂的ＡＥＦ成員——小心！快閃開！」

她話說到一半，撞開暮雨，閃過撲上來的黑影怪。

失去平衡的她跪倒在地，撲空的黑影怪重新找到支撐點，轉過身，再次扭曲身形，幻化成一攤泥漿攀爬而上。

暮雨本可以用鐮刀的風壓擊退黑影怪，但是他沒有，應該說——來不及。

因為早在前一刻，女研究員灰霧色的瞳孔竟然化為血紅，從白衣袍口袋裡摸出一張撲克牌，朝黑影怪投射出去！

那張撲克牌彷彿著火般，以驚人的速度化成火團，飛入黑影怪柔軟混濁的身軀裡，暫時減弱黑影怪的行動力。

暮雨不可能看錯，女研究員的掌心正湧現出團團的火光——那是如靄靄白雪般的銀色火焰。

和白火的烙印力量如出一轍，足以焚燒一切的雪色火星。

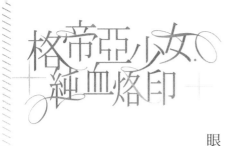

眼瞳映入那抹火焰的當下，他完全忘了情勢緊迫。暮雨迅速來到女研究員的面前，抓起對方脖子上掛著的識別證定睛一看。

「果然沒錯，妳是……」

尚未恢復的破碎記憶彷彿拼圖般一一在他腦中重組，回憶中某位女性的面容恰好與眼前的女研究員重疊。

漂去色素的杏色輕柔短髮，令人聯想到陰雨濛濛的灰色瞳孔。

識別證上的姓名欄斗大標示著幾個字——沙利文．白。

06. 與妳相隨

櫻草恢復意識時，發現自己正躺在陰暗冰冷的四方形空間裡。

全身麻痺痠痛，寒冷透過體內神經傳遞而上，她下意識按著劇烈疼痛的腦門，才發現抬起的明明是右手，左手卻也一併高舉，同時「喀啷」一聲發出金屬鎖鍊移動撞擊的聲響，她的雙手手腕竟然被手銬銬在一起。

「這裡是哪裡……」

——好冷。

她瑟縮著肩膀站起來，所幸腳沒有被綁住，還可以行動，她馬上移動到房間內類似是門扇的地方，撞了幾下。想當然耳，沒有動靜。

她記得自己稍早前還在管理局的病房裡休息，代替白火照顧她的約書亞有叮嚀過她別亂跑，她也乖乖配合了，還有那個叫做艾米爾的鑑識科小鬼有說過——

「日安，櫻草小姐，睡得好嗎？」

她剛剛怎麼撞也沒反應的電子門忽然「刷」一聲滑開來，眼前出現了個與她等高的少年。對方的臉色蒼白，以無法探究情感的冷漠神情平視著她，嚇得她抽口氣差點坐回地板上。

「你、你是誰？把我帶來這種地方做什麼？」

儘管自身情況狼狽，櫻草可沒減弱氣焰，她馬上站起來揪住眼前這位少年的衣領，才發現這名少年的衣服硬的和鋼鐵一樣。

「快點放我回去！」

「請別輕舉妄動，來自未來的櫻草小姐。乖乖配合對您我都好。」

「你怎麼知道……」她來自未來這件事屬於管理局機密，局內也只有少數人知情。

「請隨我來吧，老爺在等您呢。」

留著草綠色短髮的少年毫無情感的瞅了她一眼，抓著她的手腕轉身離開房間。

少年的手心溫度甚至比櫻草手腕上的手銬還冷，仔細一看，他的指節竟然還有著鋼釘和焊接接縫，櫻草渾身起了雞皮疙瘩。

——這無機物究竟是什麼東西？

她完全知曉自己要是不聽話，絕對會輕易的被這位機器少年扭斷脖子，便只好乖乖跟上去。

約莫走了五分鐘的路程，櫻草被帶到大約三公尺高的雙開木製門扉前。門扇漆得油亮，一看就知道是高級建材。

少年用無機物般的手敲了敲門，「老爺，我帶人來了。」

「辛苦了，尼歐，進來吧。」

名為尼歐的少年打開門，將櫻草領了進去。

偌大的房內飄著柔和的精油香氣，但此刻櫻草只覺得想吐。她瞪著房內，寬敞空間內不外乎有著辦公桌椅和書櫃、會客用的沙發桌椅，腳下踩著絲絨般的柔軟地毯，還有一片落地窗。

一位高瘦挺拔的中年男子坐在沙發椅上，他拄著枴杖站了起來，姿態優雅的向櫻草頷首。

「歡迎蒞臨寒舍，來自未來的迷子小姐。將妳請來可是費了我一番功夫呢。」他稍稍彎身鞠躬。

推估管理局現在已經發現受保護的關鍵迷子失蹤，正鬧得雞飛狗跳了吧。光想到那盛況，男子就不禁喜悅起來，勾起有著歲月痕跡的嘴角。

深棕帶點歲月花白的髮色，隨處可見的藍色眼睛，合身剪裁的高級駝色西裝……明明只是俯拾即是的中老紳士樣貌，櫻草在看清楚眼前的男子後，卻只能任憑寒顫竄遍全身，險些跪倒在地。

「你、是……是你！」她無法克制住發顫的牙齒，像隻失控的野獸掙脫身後少年的拘束，撕扯著嗓子，試圖衝到男子面前，「是你，你這傢伙……溫斯頓．沃森！都是你害的，都是因為你——你這個惡魔！」

「我請妳過來是想問妳一些事……不過照這反應，恐怕連問都不用問，既然妳知道我這張臉，看來計畫是圓滿成功了。」

被喚為溫斯頓的高瘦紳士竟然還咧嘴一笑，彎了彎有些皺紋的眼尾，「謝謝你把這孩子帶過來，尼歐，畢竟未來人可不會說謊。」

「全照您的旨意而行，溫斯頓老爺。」

「管理局的動靜如何？」

「梅菲斯先生傳遞而來的訊息並無異狀，計畫進行無礙。」

「這樣啊，那麼近期內就可以收網了。另外，叫ＡＥＦ安分點，尤其是諾瓦爾和陸昂，那兩人最近不知道在背地裡做什麼。如果有問題的話就處理掉吧，畢竟實驗都成功了，不差那幾個人。」

溫斯頓重新把視線放到櫻草上，「那麼該怎麼處置妳呢？讓我想想……」他摸摸下巴，轉轉年邁而混濁的眼珠子，連猶豫的片刻都沒有就直接說道：「果然還是殺掉吧，尼歐。」

「遵命，老爺。」

「你、你想做什麼！」被尼歐扯回來的櫻草放聲尖叫，她可沒有遺漏露溫斯頓眼中閃過的一瞬瘋狂。

「妳是一連串縝密計畫裡出現的突發狀況，我只是在防患未然。要是妳向其他人洩漏未來的走向，我籌備多年的理想不就前功盡棄了嗎？看妳剛才的反應，五年後，人造烙印計畫確實成功了吧？既然都確認完畢了，還留妳做什麼？」

尼歐提出疑問：「報告老爺，目前管理局的醫療科人員已對該迷子下了封口令，必要時刻也可以消除記憶，我想請問是否真的有消除這位迷子的需求。」

「是沒有必要。不過早晚都會毀掉伊格斯特，異邦族和迷子無論怎樣都得死，現在處理掉不是比較輕鬆嗎？」

「我明白了，老爺。」尼歐連眼睛也不眨，機械式的轉動脖子看著櫻草，行了個三十度角的禮，「櫻草小姐，請您見諒。」

眼前的機械少年手一甩，看似肌膚表層的掌心竟然多了個窟窿，洞裡凝聚著光芒與熱能，甚至能聽見渦輪運轉的聲音。

「開什麼玩笑……別鬧了！我根本聽不懂你們這兩個瘋子在說什麼！不、不要……不要過來……」

櫻草只感覺背脊發寒，全身上下的細胞都在警告她生命即將消逝。她一改瞪視溫斯頓的怒容，發狂似的扭動身體，但被尼歐抓住的雙手卻重的像是鉛塊，逃也逃不掉。

尼歐手上的光能在她眼前綻放開來，一步步逼向她……

在生命倒數的同時，櫻草突然感到肩膀被人用力一扯，有道修長的人影闖入她和尼歐之間，她看見束成馬尾的銀白色柔順長髮隨著身影飄逸著。影子扯開尼歐抓住櫻草的手腕，將她押進懷裡，而後迅速一轉身，利用迴旋力量，全力踹了尼歐胸膛一腳。

「喀噹」一聲，完全是鞋板撞擊金屬的堅硬聲響。

尼歐不動聲色，身體倒是被這股力量踢到幾步遠，一舉隔開了距離。

被踢了一腳的尼歐照舊冷若冰霜，眼珠子眨也沒眨，釋放而出的光熱能源以光束姿態從掌心的窟窿射出，打在櫻草前一刻站立的定點上。

光束筆直發射，撲了個空，穿透沙發以及更為後方的牆壁，燒出個熱煙騰騰的洞。

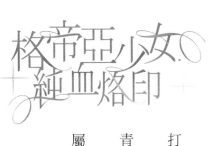

「——英雄救美及時到場，怎麼樣呀？要不是途中塞了點車，保全人數太多有點難打發，大哥哥我還可以繼續刷新紀錄呢。」

櫻草驚魂未定的昂首一看，那位搭救她的影子——那位右眼下勾勒著格帝亞烙印的青年，平時深沉的刺青正熠亮著光芒，寶藍色眼眸轉成了赤紅。

青年將她護到身後，退到門口，「櫻草小妹子妳沒事吧？有沒有被那個怪老頭和金屬鐵塊怎麼樣？」

「你是，安赫爾、局長……」櫻草愣了幾秒才反應過來，衝進來搭救她的人是她來到管理局後，僅有一面之緣的局長。

「嗯！妳還記得我的名字，我好感動。」

她曾聽說過，鮮少做勞動活的局長是純種烙印者，擁有緩速的力量。安赫爾血紅色的眼睛對上尼歐，被緩速的尼歐才會晚一刻發動攻擊。

換句話說，那位名為尼歐的少年並非完全的機械體，他還保有一部分的血肉，所以安赫爾的緩速才會起作用。

櫻草下意識抓著安赫爾的手臂，卻發現一股毛骨悚然的溼黏感傳上手心——安赫爾的左肩膀到手肘部分竟然化為了一片赤紅。

「你的手臂……」他沒有完全躲過尼歐的攻擊嗎？

「如果我說那是被紅色油漆潑到妳會信嗎？」

「白痴！這種緊要關頭不要添亂！」

尼歐轉轉眼珠，紫色眼珠內一瞬間閃爍著光芒與數據，他收起手心的發射器，「您是時空管理局第二分局局長，安赫爾．布瑟斯。」

「機械小弟你認識我呀？太好了，那就省得自我介紹了。大哥哥最近感覺到局裡好像混進了什麼不乾不淨的東西，一個不注意，我們家新來的小妹子就被怪東西拐走了，身為暫時監護人的我當然要追上來啦。」

輕浮局長像是想到什麼似的接著說道：「啊，放心啦，我知道你們背景滿硬的，不太敢踢鐵板，這次我是單槍匹馬過來，所以你就放我們一條生路吧？我之後會寄謝禮來的。」說完，他還裝可愛的啾咪了一下。

名為溫斯頓的中年男子看見安赫爾不合時宜的招呼語，仍不為所動，只是悠悠問了句：「你什麼時候發現的？」

「別以為全天下只有你們有內應，特情部的溫斯頓老爺。」雖然他最近聯絡上的那位內線，也就是那隻紅髮小野貓有點不聽使喚就是了。說來也是，那隻貓的飼主畢竟不是他。

「哦？那你知道多少？」

「差不多這樣吧。」安赫爾抬起沒受傷的手臂，瞇起眼，用食指和大拇指比了個兩公分左右的高度。

「那也不錯，省得費唇舌。」溫斯頓使了個眼色，「尼歐，處理掉。」

「遵命，老爺。」

「嗚哇！這鐵塊的攻擊我可沒自信躲過第二次……那麼就三十六計——落跑啦！」

安赫爾用赤紅的瞳孔瞄了溫斯頓和尼歐一眼，轉身護著櫻草衝出大門。

可沒打算讓他安然撤退的溫斯頓從西裝內袋裡抽出手槍，連開了兩槍。子彈飛快，但對方扣下扳機前被安赫爾緩速的緣故，晚了幾秒，一發子彈穿透門扇，一發子彈掃中安赫爾的腰際。

溫斯頓即便年邁，視力依舊沒衰退，他相當肯定一發子彈命中了目標，另一發打穿門扉的也不會讓對方太好過。

「用不著追上去，挨了那兩槍，估計也跑不了多遠。那傢伙已經沒有時間讓他活著跑回管理局通風報信，再說就算僥倖撿回一命，又有誰會相信他？」

他揮揮手要尼歐別去追了，尼歐乖巧的停止動作。

看著地上的血跡，溫斯頓不禁踩了踩變色的高級絨毯，然後拿出手機。

「……開始行動吧，梅菲斯。」

★※★◎★※★

芙蕾盯著電腦螢幕，正在敲鍵盤的手指騰空不動，她像是眼花似的貼近螢幕一看，歪頭眨眨眼，最後乾脆把眼鏡拿掉，整張臉貼在螢幕上瞧個仔細。

她那模樣實在有點像是老花眼看不清楚報紙的老人。

「不會吧，時空裂縫的出現時間提前了？」

她在研究的是櫻草的詳細資料，數據原本顯示3005C.E.時空裂縫再次出現的日期是一星期後，現在卻大大提前到後天。

櫻草回歸未來的時間正好和暮雨復職當天撞期，所以她記得很清楚。自然形成的時空裂縫時間怎麼就這樣突然提前將近一星期呢？

「看來妳剛好瞧見了，咱正打算來告知妳呢。」不屬於鑑識科的百里醫生突然出現在芙蕾旁邊，和芙蕾一起盯著電腦螢幕。

「百、百里醫生！」芙蕾當然是被這神出鬼沒的異邦魔女嚇了一大跳，「怎麼會突然提前啊？而且連形成地點也改變了。」

原本預定在第二星都境內，現在竟然改到第五星都，加上時差問題，不知道坐私人宇宙船趕過去來不來得及。

「咱也不明白，可能和那姑娘來自未來有關吧，再來就是近期人造裂縫猖狂，頻繁製造裂縫進而出現了無法預期的錯誤。」

「有沒有可能和ＡＥＦ那群恐怖分子有關係？」

「不清楚，咱沒神通廣大到那種地步。」

「這樣啊……先別管原因，總之現在開始處理應該還能趕上吧。」芙蕾站起身，得在後天到來以前把櫻草送到第五星都才行。

首先要請醫療科消除記憶，再用最快的速度把那迷子女孩送達指定地點。這樣一來也來不及讓出差中的白火跟櫻草道別了，總覺得有點惆悵。

芙蕾瀏覽了一下辦公室內部，卻怎樣也找不到負責照顧櫻草的艾米爾。

「奇怪，艾米爾跑去哪了？」

★※★◎★※★

白火用盡全力向前衝刺，偌大的白色實驗室空間簡直不見盡頭，她找不到終點，只好暫時把遠方化為黑點的小房間當作是目標。

後方的黑影怪依舊如潮水般蜂擁而上，無論她怎麼全速奔跑，雙方之間的距離仍漸漸縮短。無法調勻呼吸的白火忽然一個閃神，兩隻腳絆在一起，整個人撲倒在堅硬的白色磁磚上。

身後的黑影怪沒有放過這個天賜良機，一隻隻集結起來成為浪潮，在她頭上聚滿一片陰影，張開血盆大口而來。

白火緊閉雙眼，正當要被黑影怪吞下去時，她的身體竟然像是被拎起來的流浪貓般飛了起來。

「差點就被當成飼料了，還真是驚險刺激。」諾瓦爾一手用短杖勾著騰在空中的鋼鐵絲線，一手撈起白火。

兩人吊掛在半空中，諾瓦爾這樣的姿勢實在是稱不上紳士。

「妳在猶豫什麼？」

「……沒有。」

諾瓦爾也沒再多問，把白火拋上處理室空間內的某個高處。黑影怪暫時還上不來。

「就算那些東西曾經是人類，現在也已經不是了。用不著內疚，不是妳的錯。」他多半也猜得出來白火的內心想法，把她護在身後，低頭望著層層交疊、試圖爬上來的黑色團狀物。

諾瓦爾凝視著腳下的黑影怪，眼神流露出的莫名情感令人猜不透。

這堆黑色潮水裡，當中也有他曾經的同伴，和他一樣被送進實驗室裡的孤兒，一旦分離，多半是死別。

「這些黑影怪是父親他們犯下的過錯，自然和我有關係。我有責任去面對他們。」

「妳害怕了嗎？」

「……」

「就和妳說的一樣，無論妳的心情如何，我們都有義務送這些黑影怪最後一程。用不著擔心，我會協助妳，妳一定沒問題的。」諾瓦爾輕輕拍著白火的頭。

當他的掌心接觸到白火髮絲的剎那，那股熟悉的感覺又出現了。

明、滅、明、滅。

現在與過去。

虛與實。

一切開始交錯重疊。

白火無法自拔的將眼前的青年和記憶中的某人重合。

現在不是緬懷過去的時刻，她連忙甩掉腦中的雜念，和諾瓦爾擬定接下來的計畫。

兩人都清楚遠方的那個黑色小房間是左右戰局的關鍵，商討完策略後，白火按著耳朵上的通訊器，問道：「暮雨，你們沒事吧？」

「研究員也是烙印者，黑影怪大部分都朝你們跑過去了，我們暫時沒事。」

「有事情想拜託你們，尤其是那名研究員小姐……」

交代好待辦事項後，暮雨簡短回覆「交給我吧」，就斷了聯繫。所幸那位女研究員還活著，畢竟接下來的行動，她的操作技術是最後的關鍵。

白火走到高處盡頭，盯著腳下的黑影怪。黑影怪已經逼上腳邊，隨時都能抓住她的腳踝把她往下拖。

她回頭看了諾瓦爾一眼，「接下來就麻煩你了，諾瓦爾。」而後奮力一躍，再次跳回遍布黑影怪的空間內。

鞋尖接觸地面的剎那，白火再度向前衝刺。目標只有一個，就是遠方那無光的黑色小房間。根據諾瓦爾的說法，小房間是用來處理黑影怪的無光室之一。

還有約五百公尺的路程，要是沒被丟來公元三千年的世界，她也沒料到自己竟然得在這種地方挑戰五倍的百米賽跑，好幾次她又失神差點跌倒。跑了一段時間後，終於來到無光室的門前。

小房間的自動門敞開，裡頭一片漆黑。

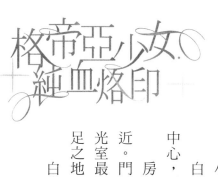

白火衝進無光室裡，讓聚滿銀色火焰的掌心貼地，「過來這裡！」火蛇以她的手為中心，點亮無光室，同時竄出門口，包圍住外頭試圖擠進來的黑影團。

房間外的黑影怪被熊熊烈火包圍，化為被磁石牽引的鐵塊，更是一鼓作氣朝白火逼近。門口被擠得水洩不通，黑影怪的密集程度讓白火頭皮發麻，她朝後跳一步繼續往無光室最深處移動。她跳離原地的下一秒，濃稠的黑潮立刻像是油漆般潑上她前一秒的立足之地。

白火靠在最深處的牆上，無光室入口在遠方化為一粒白點。灰暗光源下，不計其數的黑影成為蠕動的蟲子，張牙舞爪撲到她的面前！

「刷拉」一聲，一道銀色絲線宛如光影折射般從入口闖了進來，尖端的鉤爪完全陷進白火頭頂上的牆壁一角。

白火用火光一照，頭頂上的銀線正反射著光芒。

「跳上來，白火！」

遠方的無光室入口傳來呼喊，伴隨著一股冷到骨髓的低溫，聲音急速拉近——暮雨將身上的外套裹住銀色絲線，把外套當成滑索的吊帶，像是高空滑索似的滑了過去，飛快飄移到無光室深處。

看見人影逼近，白火抓準時機蹬步往上跳，抓住暮雨遞過來的手。

兩人手心交疊的一剎那，外套正好滑到無光室的牆上。暮雨朝牆壁用力一踢，彷彿折返跑般，反作用力使兩人朝反方向的無光室入口快速飛動。抓住暮雨的白火在景色飛逝的同時往下看，腳下的黑影潮水雖沒有眼睛，仍像是熱帶雨林的植物般爭先恐後朝上方抬高身軀。

「可以了，關門！」稍早已經將備用的通訊器交給女研究員，暮雨大喊，聲音透過通訊器傳入對方耳裡。

兩人直直飛向無光室入口，同一時間，入口的黑色自動門開始關閉，門外的光線漸漸化為一條細縫，兩人身後的黑影怪這時紛紛轉身撲了過來。
暮雨緊緊護住白火，循著銀線勾勒的軌跡跳出無光室外。
他們衝出無光室的同一秒，充當救命繩索的銀色絲線也同時散化消失，吊在半空中的兩人失去支撐，呈現拋物線摔到地板上。
門扇削過白火腦後的馬尾髮梢，「刷拉」一聲緊密合上，不留一點隙縫，完全阻絕光芒。下一剎那，幾乎可以感覺到無光室裡的黑影怪憤怒撞擊門扇的衝擊，特殊材質的黑色鐵門傳來不絕於耳的激烈碰撞聲。
潮水般的黑影怪被引進無光室的牢籠中，再也無法脫身，只能等待滅絕的末路。
「結、結束了……」白火鬆開暮雨的手，著地的瞬間她兩腳虛脫，癱軟跪倒在地。
由白火把黑影怪引進無光室，利用諾瓦爾的操偶線滑出來，再請那位女研究員操作自動門將其關閉，這種亂七八糟的作戰方式看來是成功了。
活著真是萬幸。
暮雨看了眼自己充當滑索吊帶的外套，安赫爾塞過來的東西品質果然不錯，經過剛剛的激烈摩擦竟然沒什麼受損，他原本以為至少會破個洞。
「……妳還記得嗎？以前在沙族那裡的實驗室，妳的烙印被黑影怪吃掉了對吧。當時我還以為妳在開玩笑，把妳扔到地上自生自滅。」暮雨劈頭就是這麼說，對白火伸出手，把地板上的她拉起來。

「暮雨？」這魔鬼冰塊怎麼突然多話起來了？

「我現在終於懂那種感覺了。」

白火看著朝自己伸過來的手，正好瞧見暮雨露出右手手腕內側的格帝亞烙印。

這不看還好，她一看差點暈倒——暮雨手腕上的烙印竟然少了大半，上面還有著被啃掉的齒痕！

「對不起，當時誤會妳了。」他當時還以為白火在耍他，差點把對方丟去黑影堆裡當飼料。

「現在不是道歉的時候，你沒事吧？」白火嚇傻了，她在做惡夢嗎？那個魔鬼冰塊竟然在道歉？

「根本痛死了，我想吐。」暮雨如是坦承。

「不准吐，給我吞回去啊！」

有白火之前的切身體驗，暮雨明白等到無光室裡那群黑影怪消滅掉後，烙印自然會慢慢恢復，他發暈的看著手腕上被咬一口的烙印，沒多做表示。

遠方的諾瓦爾和女研究員這時也趕過來了。

「作戰成功啦，辛苦了，真沒想到會這麼圓滿。」諾瓦爾笑嘻嘻的露出虎牙，終於暫時脫離險境。這種魯莽戰術竟然能成功，一來多虧那女研究員還活著，二來感謝佛祖耶穌。

白火一看到剛才被陸昂打量的女研究員平安無事，原本想上前說些什麼的，卻在仔細看見對方的面容後錯愕的吸口氣。

腦殼就像是被釘入釘子般發出疼痛，她按著抽痛的腦袋低下頭來。

尚未全數恢復的記憶持續奔竄，有股不明的力量促使白火將眼前的女研究員與某塊回憶重合。

「妳沒事吧？」女研究員走上前一探究竟，卻被暮雨阻止了。

「……不要過來。剛才互助只是情勢所逼，我們可沒打算和妳有多餘的接觸，也用不著自我介紹，我知道妳是誰。」暮雨早在前一刻擋在兩人之間，瞅了對方一眼後，他回頭囑咐白火：「沒有義務報上名字，知道嗎？」

頭痛舒緩了一些的白火頷首，她沒有多想暮雨的用意。暮雨擋在兩人中間的緣故，她又看不到女研究員的臉了。

只是那瞬間瞥見女研究員的面容，想起紀錄片上那曾經沾滿鮮血的實驗室白袍，好不容易暫時消退的怒火又從白火心中油然而生。

女研究員欲言又止，三對一的情勢下，她選擇讓步，「剛才那個叫做陸昂的ＡＥＦ

成員入侵所引起的騷動，加上黑影怪的失控，應該已經觸動了研究所內的防衛系統……跟我來吧，我帶你們出去。如此一來，人情債一筆勾銷。」

「為什麼……為什麼要這麼做？」

白火看著率先離去的女研究員身影，顫抖著肩膀，發出彷彿因為過於低溫而發寒的喘息。她推開暮雨，衝上前抓住和自己身高相仿的女研究員，揪著她的衣領嘶吼：「那些影子……那些人，還有陸昂他們，大家都只是小孩子啊！是孤兒！是活生生的人！為什麼要這麼做？這種實驗有什麼意義嗎？」

「……」

「是為了什麼？虛榮？好奇心？還是什麼學者的求知欲？告訴我啊！為什麼偏偏是那些孩子？我根本不懂爸爸媽媽為什麼要做這種事，如果是犧牲那些孩子得來的救贖，我才不要！才不需要回到過去什麼的……我不會原諒你們的，就是因為有你們這種人，沙族的人才會、ＡＥＦ的人們才會、大家才會——」

「如果不乖乖聽命行事，我的孩子就得死，我是這麼被威脅的。」這名女研究員面無表情的湊近她，冷眼瞪視回去，「比起其他孤兒的性命，我終究選擇了我的孩子，請原諒我。」

白火凝視著女研究員的眼瞳，那雙宛如陰雨雲的眼珠正透露出沉靜而抑鬱的憤怒。

原本氣勢如虹的她像是被閃了一記耳光似的，啞口無言，怔忡在原地。

一股夾帶著恐懼的疑問爬上白火的心胸，有一道最原始的心聲在耳邊逼問著她：如果父親當初不是選擇我，而是其他迷子孤兒的性命，我能夠欣然接受的去赴死嗎？踩著無數屍體而活的她，若是有機會改變過去，真的有勇氣犧牲自己來換取其他人的性命嗎？

白火怎樣也無法回答自己心中的疑問。

「……我也明曉因果報應，我會慢慢償還自己犯下的罪過。現在先離開這裡吧。」語畢，女研究員反捉住白火揪著自己衣領的手，她的力道輕柔，卻像是高壓重力般拘束住白火的行動。

最終，她拂開白火的手，繞過白火，重新走向出口。

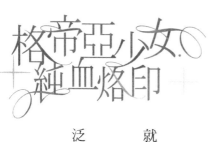

白火空洞的遙望那道身影遠去，腦中的記憶嗡嗡作響，耳鳴不斷，眼窩一片溫熱。就在她失去重心橫倒在地時，有人適時抓住了她的肩膀。

她對上那對雙眼，是澄澈耀眼的祖母綠寶石。

「我都知道……妳想說什麼，我都知道。」暮雨稍稍壓低身子與她平視，直盯著她泛著淚的黑色雙眸，再次加重了壓住她肩膀的力道。

以暮雨為中心的特有低溫透過掌心傳到白火身上，冷卻了燥熱的血液。他深深吸口氣，聲音寒冷卻溫柔：「……不是妳的錯，白火。」

★※★◎★※★

櫻草按照安赫爾的指示，買來療傷用的消毒藥劑、針線棉花、麻醉劑、止痛藥及好幾捲繃帶。

安赫爾的傷口總計三處：被尼歐傷到的手臂、被子彈擦傷的腰際，最後一顆子彈則是打穿門扇後彈射進他的肩膀裡。

溫斯頓那老頭知道他中彈，醫院和管理局裡絕對埋有眼線，現在跑回去只是自投羅網；而在剛才的交鋒中，耳機通訊器也壞了，無法聯繫白火和暮雨。按照目前的情勢所逼，恐怕多少得動用點布瑟斯的家族權威了。

「好險只有卡進去的子彈比較嚴重，勉強還能跑……這個幫我拿著，另外給我一下棉花和止血帶。」在找到暫時歇腳處後，安赫爾相當克難的開始幫自己進行應急手術。他這種情況還真像一位擁有傷疤的某位怪醫自己幫自己開刀的橋段，說有多扯就有多扯，重點是很淒涼。

櫻草咬牙看著安赫爾身上一片血肉模糊，這人說來也是為了救她而挨皮肉傷，她硬著頭皮乖乖當助手。剛剛局長還把肩膀裡的子彈挖出來，買來的急救箱裡也放著針線，看來等等十之八九要縫傷口。

「不痛嗎？」看著這根本該打馬賽克的慘況，櫻草不禁問出智商很低的問題。

「根本痛死了，我想吐。」局長發出和某人一樣的哀號，果然是兄弟。

「……真的很謝謝你救了我。接下來你打算怎麼做？」

「管理局和醫院都回不去，通訊器也壞了。唉，不如去當亡命鴛鴦吧。」

「我跟你才剛認識不久。」櫻草完全不想理會這句很有問題的蘿莉控發言，「你打算逃去哪裡？」

「去找白火妹妹和暮雨老弟，我還記得地點，運氣好的話應該能碰上面。」前提是那兩個潛入研究所的夥伴還活著。

應急處置告一段落，安赫爾纏上最後一圈繃帶，用牙齒咬住繃帶打了個結，「我問妳，妳有帶護照嗎？」

「我怎麼可能有那種東西啊？」某天突然被時空裂縫吸來這裡的迷子櫻草如是說。

「說的也是。其實我也沒帶啦，這下只好發揮上流階級的特權了……小妹子，妳如果被扣押住導致無法回到未來也不要怪我喔？局長我也是千百個不願意。」

「那樣最好，我死也不想回去那種鬼地方。」

未來到底是怎樣的世界末日啊？安赫爾決定等風頭過了、回到管理局之後，偷偷拜託他敬愛的百里老師解除封口術，好好挖一番 3005C.E. 的頭條八卦。

前提是他們有辦法活著回去的話。

★※★◎★※★

在名為沙利文的女研究員的帶領下，白火一行人成功避開因騷動而陷入混亂的研究所，從隱密出口逃了出來。諾瓦爾相當自告奮勇的扮黑臉，挾持住沙利文，以免當事人輕舉妄動。

接下來只剩下回程了。白火和暮雨打算騎著原先那輛超級浮空機車回去，將真相回報管理局，半路殺出來的諾瓦爾他們管不著；至於那名女研究員，雖然想把她帶回去審問，但對方還有孩子需要保護，白火仍不清楚該如何是好。

一行人踏出研究所時，已經是早晨了。

白火來到第五星都前就有看過天氣預報，第五星都近期內都是晴朗無雲的大晴天，只是她抬頭一看，此刻的天空卻烏雲密布，厚重的連一絲陽光也透不下來。

不只是她，其他人也察覺到了，烏雲和風向極為詭異，不像普通的天候狀況不佳。

「這是……」暮雨一看到烏雲與風向有異，察覺到危險，將半隻腳踏出建築外的一行人擋住，「退後。」

「怎麼了？那是──」

「時空裂縫出現的前兆。」雖然不是負責及時救援迷子的鑑識科，待在管理局裡好一陣子的暮雨一看氣候就知道有問題。

撇開宇宙中出現的時空裂縫不談，於星球內出現的時空裂縫，在成形前多半會發生類似現在這樣天氣異常的現象。

暮雨冷不防瞪了身後的紅髮貓眼，「你搞的鬼？」

「喂喂喂，別什麼都怪到我頭上啊，這怎麼看都是自然形成的吧。」

「那是……3005C.E. 的時空裂縫，成對的，這次是第二次出現。」沙利文不知何時從白袍口袋裡拿出了特殊探測器，盯著上面的螢幕說道。

看來不只是時空管理局，利用時空迷子進行實驗的研究所自己也有一套鑑識時空裂縫的技術。

白火一愣，3005C.E. 的第二次時空裂縫？那不就是當初把櫻草帶來的那個黑洞嗎？根據週期，應該是下星期出現才對，為什麼現在就冒出來了？

她還來不及詢問，只見滿布濃密烏雲的天空彷彿閃電落下般，劈出一道龜裂痕跡。

就和陸昂平常用軍刀劃開空間一樣，深紫色的裂縫慢慢往兩方擴開，露出如杏仁般的橢圓形空間。

隨著開口的增大，風力瞬間增強，天空的厚重烏雲全被吸入洞中，剩餘的灰雲宛如細網般勾勒出破洞，凝聚，分裂，再次旋舞。而此時，隱約能瞥見雲朵上的藍天。

研究所四周的森林植物沙沙作響，脆弱的細枝與葉片已被裂縫吞了進去。洞口持續擴張。

盯著這已經看到厭煩的裂縫景象，白火抓著一旁的石柱根本無所適從。逃回研究所會被逮，待在原地一樣會被吸進洞口，加上這次是第二次出現的時空裂縫，一旦被吸進去就再也回不來了。

「妳……等一下！」

時空裂縫開啟完畢，洞口化為巨大的圓形，籠罩在一行人的頭頂上。

周圍的樹木被連根拔起吸進紫色空間裡，白火看見自己身旁的沙利文已經抵擋不住吸力，整個人飛了出去。

沙利文飛出去的同時，白火與她四目交接。沙利文的神情已放棄了掙扎。

「我想……這就是報應吧，扼殺人命的我終究只有這種下場。」

轟隆風鳴中，白火聽見沙利文如此說著。沙利文的臉色憔悴，灰白的神色下不見一絲試圖抵抗命運的生氣。

在和沙利文四目相交的瞬間，白火心中就像是啟動了什麼開關似的，不由自主鬆開抓住石柱的手，朝沙利文奔跑而去。

「白火！妳在做什麼——」

「妳不是說好要保護妳的小孩嗎？現在又是什麼意思！」白火不管旁人阻止，她握住沙利文的手，用盡力氣將對方扯回來，「不要以為死就能了事，這樣被留下來的孩子該怎麼辦？不可以放棄啊！」

沙利文的體溫透過指尖傳遞進白火的心胸。

不，不單單是對方的體溫，她腦中的「某樣東西」終於破殼甦醒。

失而復得的東西回來了。

記憶片段化為數十道箭矢貫穿白火的腦袋，腦中像是被閃電重擊，疼痛肆虐，她下意識更加握緊沙利文的手。

情感以交疊的指尖為媒介，灌進了兩人的身體裡。她彷彿感受到沙利文體內的鮮血奔騰向上衝，穿透肌膚，穿透細胞與骨髓，穿透所有阻隔，不偏不倚的灌進她的心臟。

鼓膜劇烈震動，刺麻的耳鳴呼嘯著。

白火看見某樣東西……不，某個人，一位女性。

總是身穿白袍，將年幼的她擁入懷裡，及肩的杏仁色短髮如羽毛般蓬鬆柔軟。每當她被女性擁入懷裡時，總能嗅到一股淡淡的清甜柑橘香氣。就是那抹溫柔清香，蓋過了刺激的藥水味。

她的母親幾乎所有時間都耗費在研究上，鮮少回家，白火也沒因此鬧過彆扭，反倒格外珍惜每次碰面的時間。

白火難以置信的凝視著眼前的女性——沙利文的瞳眸。

她忽然憶起母親的眼睛也是如此，雖說讓人聯想到陰鬱的厚雲，卻滿溢著慈愛。

「媽……媽……？」

沙利文的臉，母親的臉，兩者不可思議的重合交疊。

白火緊抓住沙利文，她想起來了，母親的名字——沙利文．白。

「莫非，妳是，我的……」

記憶的浪濤拍打著白火每一根神經，眼淚終於突破眼眶，掉了出來。

過去也是如此，母親將年幼的她推進人造裂縫的裝置中，她跟小黑落入紫黑色的空間裡，無能為力，只能眼睜睜看著雙親離她遠去。

不只是她，暮雨也是，還有小黑，他們背棄了沙利文和白隼，只為存活。

白火的頸項上，青金石的光芒煥發著異彩。

「妳是，我的、母……親……」白火將沙利文推回地面，如此一來自己更順著時空裂縫的風壓往上飄移，四肢騰空，飛上天空。

低溫的強風像洪水聲轟進耳膜，她無法聽聞地上的沙利文在嘶吼著什麼，腦中一片雪白。

「……白火。」

耳鳴突然消失了，耳邊傳來熟悉的低語，在嘈雜的風聲中格外清晰。

白火回頭一看，不知何時，暮雨早就鬆開地面的支撐物，順著裂縫的吸力飛上空，他抓住她的手，朝她靠了過去。

時空裂縫的紫色空間形成薄膜般將他們兩人包裹、吞噬。

「抓緊我的手。用不著擔心，已經和以前不一樣了。」暮雨緊緊握住她的手，從四面八方而來的巨大風壓造成粉塵肆虐。

紫色的未知空間、她和暮雨，當年的場景與演員再一次湊齊，重新上演如出一轍的戲碼。

有道聲音警惕著白火，告訴她這次不能再鬆手了。一旦放開這雙手，她將再也無法尋回好不容易失而復得的記憶。

白火奮力回握住暮雨的手。

從前的回憶於心靈底部翻湧而上。

他們曾經離別，分別消失在深紫色的深淵中。那抹無邊無盡的深淵映照著現在、過去，以及未來。

嗡嗡餘音殘留在耳際，白火從鮮明的追憶中甦醒。

「這次我絕對不會鬆開手，一起走吧。」

下一剎那——他們被吸入了3005C.E.的時空裂縫之中。

《格帝亞少女～純血烙印04沒有影子的孩子們》完

番外 管理局與AEF的員工出遊

這是白火和暮雨前往人造烙印研究所之前所發生的插曲。

歷經武裝科新科長約書亞正式上任、暮雨失聯等等事件，約莫過了一段時日。面對科長的變動，武裝科科員們雖帶有抵抗，然而隨著時間過去，大家漸漸熟悉新任科長的行事作風。

撇開空降這點不提，和前任魔鬼科長暮雨相比較，善良和藹的約書亞根本就是一尊活佛。

就在暮雨持續失聯、管理局瀰漫著不安氛圍的低氣壓中，某一天，局長安赫爾竟然將「某樣東西」攤開在大家眼前。

「朋友送我的，大家一起去吧？」

安赫爾手上的是第二星都最受歡迎的主題樂園入場券，入場券像是撲克牌似的聚成一排紙扇，他拿起門票搧了搧風。

「現在不是出去玩的時候吧？暮雨科長可是失聯中耶！」果然，路卡第一個提出抗議。烏煙瘴氣的狀態下這個局長竟然還有心情出去玩，不知道該說是沒血沒淚，還是純粹神經太大條。

「放心啦！」安赫爾如眾人預料的兩手一攤，「我家老弟才不是失蹤，只是純粹不想和你們聯絡而已。」

「……」

「還有我家老弟已經不是科長了，你就別戀舊了，快改掉稱呼吧。好了，免費的票不拿白不拿，大家一人一張，這次休假一起出去走透透囉！」

「也是，反正最近很閒嘛。」荻深樹相當配合的同意摻一腳，「畢竟前陣子作戰失敗導致聲望暴跌，民眾對我們的信任度一落千丈，怎麼處理事情怎麼被嫌，到最後根本沒人敢丟工作給我們嘛，欸嘿嘿嘿嘿！」

「不要說得一副很驕傲的樣子，應該要感到慚愧才對吧！」路卡一把拍掉荻深樹想拿票的手，並轉頭尋求聲援：「白火，妳也覺得很莫名其妙吧？這些傢伙竟然還有心情出去玩耶？」

「啊？」

白火眨眨發亮的眼睛，緩緩低喃：「好像……還不錯。」

「那個……我沒去過遊樂園，一直想去。」白火用手機搜尋遊樂園的官方網站，攤到路卡眼前，「而且遊樂園的吉祥物很可愛，兔斯特很可愛！」

「……白火，妳終究還是被精神汙染了嗎……」

路卡差點沒暈過去，他認識的那個正常人白火經過管理局的一連串洗禮後，曾幾何時竟然成了安赫爾的神經短路好夥伴。

「太好了，那白火妹妹，就麻煩妳去清點人數啦！」

「我知道了，交給我吧！」

——話說回來，白火熱衷的兔斯特是什麼東西啊？

路卡對遊樂園的吉祥物也不是很清楚，他事後查了一下才發現兔斯特是第二星都遊樂園的火紅吉祥物，是以兔子音樂家為賣點，兔斯特就是當紅主角之一。其他還有兔多芬、兔札特、兔拉姆斯、兔德爾、兔瓦第等等，數量之多，可以組成一個交響樂團。

這年頭的女孩子怎麼會喜歡這種東西啊？路卡百思不解，納悶的關掉遊樂園的官方網站。

★※★◎★※★

夜色之深，失聯許久的暮雨踩過窗口，靈活的跳進窗內。地點無疑是白火的房間。

說來慚愧，幾次拜訪下來他也習慣成自然，自己竟然會變成像諾瓦爾那樣的夜襲慣犯，要是被人發現了絕對會丟臉的想死。光是想像一下被發現的情況，臉皮薄到不行的暮雨有好幾次都想掐死自己的脖子一了百了。

「我聽安赫爾說了，找我有什麼事？」

暮雨拉低連衣帽的黑帽簷，殊不知他這個拉低帽簷的動作根本就和某個常常一邊說著「真是個美麗的夜晚」，一邊襲擊少女閨房的紅髮貓眼相差無幾。

「暮雨先生！」

白火一看見有人闖進自家窗戶，非但沒有露出一般少女該有的驚慌失措，反而還雀躍的蹦到窗戶面前。

身為一個女孩子，就某方面而言她差不多也快玩完了。

暮雨看見逼近而來的白火，差點嚇得腳一滑向後仰，一不小心就成了腦袋著地的墜樓亡魂。

「我們一起出去玩吧，暮雨先生。」

「啊？」

白火雙手捏住遊樂園的門票，像是交換名片那樣恭敬的遞了出去。

「第二星都遊樂園的兔斯特很可愛的，大家一起去吧！」

「……」

暮雨．布瑟斯──名門布瑟斯家的養子，此刻露出人生有史以來最為茫然的神情。

他閉上因震懾而稍稍張開的嘴，沉默、沉默、再沉默，幾乎沉默到讓白火以為時間被暫停。

旋即暮雨眼神一冷，瞇起細長的眼睛瞪視白火，「開什麼玩笑，妳以為現在是玩的時候嗎？」

然後「刷」一聲，在白火還來不及開口回應時，他就轉身面對夜空，頭也不回的離開了。

白火嘆了一口氣，看來安赫爾給的門票會多一張出來。

★※★◎★※★

到了出遊當日，時空管理局第二分局局員——白火與她愉快的夥伴們聲勢浩大的在遊樂園門口集合。

會刻意選在平日來遊樂園，就是為了避開假日的人潮，難得的員工旅遊怎麼能被排隊這種惡夢阻撓。

「讓局長我數一下人數喔……嗯，一隻、兩隻、三隻——」身材高瘦的安赫爾踮起腳尖，幾乎可以看到每個人的頭頂漩渦。他像是帶著幼稚園出遊的園長數著人頭，「很好，十隻，不多不少剛剛好，那麼大家進場吧。」

擔任點票小助手的白火眼睛閃著光芒，滿心期待的把十張門票拿給售票員清點，並大步大步的邁入園中。興致高昂的她當然是帶頭走第一個。

眾人正式入園。

平日的園區內果真人潮偏少，雖說依舊充斥著歡喧鬧聲與機器音效，但人口密度和假日比起來減少了數倍。

領頭的白火像是遠足的孩童一樣興奮的攤開園區地圖，正當她在尋找吉祥物兔斯特的蹤影時，肩膀被拍了一下。

「……慢著，白火，妳看那裡！」

「怎麼了嗎？」白火順著雪莉指著的方向看過去，然後反射性放聲大叫：「見鬼，騙人的吧！」

眾人隨著白火的驚呼聲一齊看向遠方，只見園區內的寬廣空地上正好站著四個人。

一位穿著白紫兩色相織的中國長袍，留著黑髮長辮；一位身穿一路開到大腿的高衩黑色長裙；一位衣裝滿身銀白，戴著類似耳罩型耳機的通訊器，兩邊還有著觸角般的機械天線。

「真是個美好的上午呢，管理局的好夥伴們。」

最後一位是——戴著黑禮帽的紅髮貓眼。

「諾瓦爾？！」

屢次向時空管理局登門踢館的ＡＥＦ成員們竟然大剌剌的站在眼前。最前方的諾瓦爾拿下黑圓帽，姿勢滿分的彎腰敬禮，「竟然能在此偶遇，今日的我必定是受到上天的眷顧。」

「為什麼恐怖分子可以隨便入園啦！」路卡指著ＡＥＦ成員破口大罵，這遊樂園的警備真的沒問題嗎！

「真是失禮，今天可是休假，要去哪是我們的自由吧？」榭絲卡抱怨之餘還不忘挪動了一下站姿，讓白皙纖細的大腿暴露在布料之外，「你是那個狙擊班的是吧，上次摔下懸崖竟然還沒死呀？」

「我想起來了，妳是上次那個女騙子！妳就不能把衣服穿好嗎？」

「竟然在這遇到熟面孔，甚好甚好。」陸昂用長袍衣袖遮住嘴，嘻嘻笑了，「想不到伊格斯特的走狗們竟然浩浩蕩蕩來遊樂園玩呀？真是童心未泯到令人莞爾的地步。」

「吵死了，你自己不也站在遊樂園裡嗎？恐怖分子給我閉嘴！」芙蕾看到陸昂的笑臉也火大了，非常沒有形象的比了個中指。這傢伙當初傷害了艾米爾，不打斷他幾根肋骨實在無法氣消。

荻深樹則是跑到了ＡＥＦ那邊某位綠髮少年的面前，「你是尼歐小夥伴對吧？尼歐小夥伴對吧？」

「是的。」尼歐點點頭，語氣毫無情感的道：「您好，又見面了，荻通訊官。」

「荻深樹，這傢伙是誰啊？」

「上次把我們通訊系統打爆的生化人。」

「什麼——這小鬼就是那個手可以變成刀子的怪物？！」

看來管理局成員分別都和ＡＥＦ成員各自結下了梁子。一群人立刻像是想抹黑自己的政敵似的朝交手過的敵人對嗆。從路過的遊客眼裡看來，反倒更像是聯誼配對或網聚認親大會，熱鬧又歡喜。

「您就是安赫爾局長吧，久仰大名了。」諾瓦爾趁著周遭亂成一團，悠然自在的走到安赫爾面前問好。

「幸會幸會，你就是三不五時偷襲我們家白火妹妹的紅髮貓眼對吧？多謝照顧。」安赫爾相當友好的和他握手，「今天怎麼會來到這裡呢？」

「從熟人那裡拿到了遊樂園的票，趁著大家休假時一起來了。」

「哈哈哈，這不是和我們一樣嘛！」

「安赫爾，對方可是敵人，小心點。」本來沉浸在遊樂園美夢的白火立刻回神，打掉局長與ＡＥＦ紅髮貓眼握住的手，還瞪了諾瓦爾一眼，「諾瓦爾，你們根本是故意的吧！」哪有恐怖分子會心血來潮來遊樂園玩啊！

諾瓦爾甩甩被打掉的手，生理和心理都有點痛，「太傷我的心了，妳那麼喜歡兔斯特，我怎麼忍心搞破壞呢。」

「你、你怎麼知道……」

白火傻了，就在她打算直接用火把這個跟蹤狂貓眼燒了之前，諾瓦爾就識相的退後一步，並搶先說明：「我不是變態，是我剛剛碰巧撞見妳差點被兔子娃娃拐走。」

安赫爾拄著下巴思考，他完全沒料到ＡＥＦ的到來。儘管對方是十惡不赦的罪犯，還把暮雨從科長職位扯下來，但是今天看來純粹只是巧合的相遇。

何況對方一樣是員工出遊，他也無意刁難這群休假的恐怖分子們。

「不如這樣好了，何苦為難彼此呢？就今天一天，我們和睦相處吧？」於是安赫爾如此提議。

「安赫爾，你認真的？」

「有什麼關係，畢竟人家也沒有攻擊我們的意思嘛。」安赫爾兩手一攤，接著補了一句：「而且要是真的打起來了，我們這邊人比較多，打群架不會輸。」

「感謝您的善意，安赫爾局長。」諾瓦爾笑著露出虎牙，「讓我們共同度過美好的一天吧。」

「那就請多多指教啦，ＡＥＦ的好同學們。」

管理局和ＡＥＦ的兩大代表又重新握了一次手表示談和，現場氣氛微妙的彷彿什麼兩大首相簽署和平協議似的，只差沒有被記者和鎂光燈包圍。

——幸虧今天暮雨沒來，不然他在宰掉諾瓦爾的同時，大概會連混飯吃局長的手一起順便砍了。

白火有股預感，這趟原本美好的兔斯特主題樂園之旅，可能會引起毀滅性的災難。

★※★◎★※★

管理局與ＡＥＦ本日特殊規章之一：即便深仇大恨，也要成為一日的摯友。

規章之二：維護遊樂園秩序，你我都有責任。

規章之三：就算碰巧排到雙人座，也要和平共處。

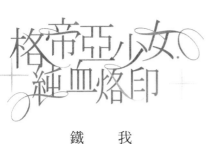

「我聽路卡說了，妳叫做榭絲卡對吧？聽見這名字的瞬間，我的心弦為之顫抖呢，我會在今天遇見妳絕對是命運。」

榭絲卡坐在雲霄飛車的前排座位上，看著飛車緩緩攀升，攀爬到少說有七十度角的鐵軌上坡。

為什麼堂堂ＡＥＦ美人之花的她會坐在完全不符合她氣質的尖叫遊樂設施上，她自己也不太懂。

「我是該隱，第二分局的武裝科科員，等等要是感到害怕的話就抱住我吧。」

而且隔壁還坐著纏人的伊格斯特武裝科科員。

該隱坐在榭絲卡身邊，煞有介事的撥開他帶著曲度的淺褐色中長髮，刻意露出深邃端正的輪廓。

想當然耳，隔壁的榭絲卡寧願閉上眼睛也不願多看他一眼。

榭絲卡可是以擅長誘惑男人聞名，向來都在背地裡利用出眾的容貌與身材從男人口中套出情報，不過今天休假，她只簡單的對隔壁的人說了一句：「麻煩閉嘴好嗎？」

現在依舊是雲霄飛車上升狀態，她的抱怨馬上被鐵軌聲蓋了過去。

就在車廂差不多要升上頂點的時候，榭絲卡感覺眼尾閃過一道墨綠色的巨大影子，耳際同時傳來高分貝的叫囂聲：「這把年紀竟然嘗試尖叫設施，老太婆，妳也太抬舉自己了吧！」

該隱也朝著聲音轉過頭去，「雪莉？妳沒事跑上來做什麼啊？」

一位留著金色雙馬尾的嬌小少女竟然出現在他們眼前，和雲霄飛車並行緩緩上升。那不符合可愛外貌的粗魯言行，無疑是雪莉。

為什麼雪莉能飛到十層樓以上的高空呢？

因為她坐在朔月的背上。

朔月正化為龍形姿態，展翅飛翔於天空，遵從雪莉的指示貼到雲霄飛車旁邊，攀附上鐵軌。

充滿愛與希望的遊樂園裡竟然跑出一頭飛龍，這下連雲霄飛車都還沒下降就引發出遊客們一連串的驚呼。

「我聽路卡說了，妳就是上次偷襲狙擊班的卑鄙小人對吧？而且聽說是個美女，人家還以為有多厲害……哼，看這姿色也不怎麼樣嘛。」雪莉技巧純熟的抓住朔月頸子，更加貼到雲霄飛車旁，她瞇起藍色眼睛瞪著榭絲卡。

這俐落駕馭飛龍的模樣，還有一臉挑釁的惡意，和她那副精巧臉蛋完全搭不上邊。

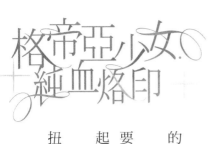

榭絲卡完全感受到了惡毒的同性尊嚴之爭，不動聲色的嗆了回去：「妳這發育不良的丫頭是身高受限，上不了車子，才來找我麻煩是嗎？」

「吵死了，倒是妳這胸大無腦的臭老太婆，這把年紀怎麼還敢坐斷軌雲霄飛車呀？要是風壓太大，妳那臉上和水泥牆一樣厚的粉裂開砸死路人怎麼辦！妳的老人年金賠得起嗎？啊？」

「我好心給妳面子妳倒是不懂得知足啊，臭丫頭，想打架是吧！」被激怒的榭絲卡扭曲面容，掙脫雲霄飛車的安全扣帶，直接站了起來。

「喂，很危險的，我們好好相處嘛，好嗎？好嗎？」隔壁的該隱看傻了眼，也拆開安全鎖站了起來，開始充當和事佬。

突然有兩個人影在雲霄飛車升到最高峰時從座位上站了起來，後方的遊客看見這副景況又是一陣慘叫。

斷軌雲霄飛車停留在最高點，鐵軌開始轉動傾斜，發出喀啦喀啦的聲音。

榭絲卡深紫色的柔順長髮隨狂風飛舞，她召喚出烙印短刀。當強風吹開她的高衩裙裝，使大腿外側的烙印暴露於外時，該隱倒是享了不少眼福。

「該隱，你竟然還和這老太婆一起坐在雲霄飛車上，你這色鬼到底站在哪邊啊！該不會只要性別是母的你都可以吧？」雪莉這時也換上烙印長靴，腳一蹬，爆發力十足的落到雲霄飛車車頭前。

「冷靜一點，雪莉，局長不是說今天停戰嗎？」

「我不想聽你的藉口！我就是看ＡＥＦ的人不順眼，要不是這些傢伙，人家的暮雨先生也不會被迫當代罪羔羊！」

雪莉爆粗口的同時，三人的重心一齊往下傾斜。

斷軌雲霄飛車開始往下衝刺，強勁風壓撲面而來。

「妳們到底是怎樣啊？和平共處很難嗎？」難得的員工之旅為什麼會演變成女人惡

鬥啊？跳出座位的該隱差點飛出去，趕緊抓住車廂握把。

榭絲卡臨危不亂的抓住一旁的把手，任由強風壓上臉，開始盤算該怎麼樣才能把管理局的臭丫頭和搭訕男一次處理掉。

突然，她靈機一動的挽上隔壁該隱的手臂，用波濤洶湧的傲人胸圍壓住他的手，並伸手撫摸他的臉頰。

「該隱，你喜歡我嗎？」幸好她剛剛有聽那個搭訕男自我介紹，至少叫得出名字。

「啊？」

「選擇我吧，該隱，不會讓你後悔的。」

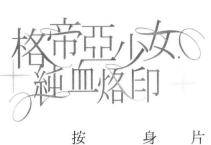

雲霄飛車持續向下衝。可能是情況危急，或是純粹被胸部壓到太興奮，該隱腦袋一片空白。

「該隱，快點離開那個色誘老太婆啊！」背對鐵軌，站在雲霄飛車車頭的雪莉俯低身子，雖然想直接把這對狗男女踢飛，但是風壓太大了，她根本無法動彈。

該隱停頓了一秒、兩秒……很多秒。

直到雲霄飛車又順著彎曲軌道轉了一圈，再次升到最高空時，他像是被灌了毒似的按住榭絲卡貼在自己臉上的手，紳士風度十足的說道：「樂意至極，我的維納斯。」

不出所料，他只花了五秒左右就把自己的靈魂賣了。

「該隱？你這也算是管理局的人嗎？只靠下半身思考的廢物，給我去死吧——！」

榭絲卡當然是得逞的哼笑一聲，「……有機可趁！」

她在該隱鬆懈的同時，反過來抓住他的手，「喀」一聲倒扣，再用力補上一腳，直接把該隱踹飛到雲霄飛車座位外，「給我下地獄吧，你這個一無是處的搭訕男！」

這種搭訕男還是見一個殺一個好，免得危害人間。看來她得先處理掉這傢伙，再來解決金髮臭丫頭。

「噗啊！」被踹飛的該隱發出不太文雅的哀號聲，「妳、妳是騙我的嗎？」他整個人像是彈簧似的跳出座位外，背部朝下，從十層樓的高空直直墜落。

「被騙就怪你自己笨！」

這句話竟然不是榭絲卡說的，而是雪莉。

雪莉朝垂直落下、變成一個黑點的該隱比出中指，「摔死算了，你這個搭訕狗！」

於是，目睹雲霄飛車上方的兩位惡女身影越漸渺小，該隱繼續往下落，墜落速度快的讓他臉皮差點要和五官分離。

「見鬼了，不會就要死在這裡了吧？」大姐姐都還沒把到就得摔死了嗎？

「砰」的一聲，就在差不多該撒手人寰時，他硬生生摔在有些堅硬的厚皮質地上，背脊受到衝擊的該隱又是一聲悶哼。

該隱馬上翻過身，自己竟然趴在墨綠色的巨大背影上，兩邊還有著揮舞的翅膀——是龍背，他想也沒想的叫出對方的名字：「朔月！」

剛剛雪莉就是靠著朔月飛上天的，沒想到朔月還在。真是謝天謝地。

「沒事吧，該隱？」

「之前路卡也是這種生死一瞬間對吧……謝謝你，朔月！」

「不要，道謝。」

「啊？」

「因為雪莉叫我，把你丟下去。」

該隱一聽差點哭出來，「什麼？！」

「雪莉平常很照顧我，都會幫助我調停，有人欺負我的話，她也會把對方踢飛。」

「少唬爛了，誰敢欺負你啊！欺負你的人還活在這世上嗎？」該隱破口大罵。

先別論傳話過程造成的加油添醋和穿鑿附會，他可是耳聞朔月某次被混混約到郊外的鐵皮倉庫圍毆，但是他光靠一個人——應該說一頭龍，就把整間鐵皮屋的人打得落花流水。

而且還是以人類身形的狀態使用技巧高超的搏擊。

「所以，我決定聽雪莉的話。再見。」朔月向來簡潔有力，還沒給該隱反應的時間就身子一傾斜，來個華麗九十度高空甩尾，把該隱甩了出去。

於是該隱腳下一涼，隨著哀號一起再度從高空墜落。

約書亞熱切的抓住白火的手，另一手指著遠方的高空。

「白火妳看，那裡好像有什麼東西掉下來了耶！」

白火收起園區的地圖紙，順勢抬頭一看，發現園區遠方的雲霄飛車鐵軌那邊好像飛過一道黑影，然後掉了什麼東西下來。距離太遠，她看不太清楚。

「可能是灰塵什麼的吧？」不太重要，她繼續埋頭研究園區的路線圖，開始研究該怎麼玩才好。

「那灰塵好大顆喔……」約書亞瞇眼一看，那顆灰塵好像還長了頭髮，這樣掉下來有點像尚未燃燒殆盡的掃把星，「白火，妳在研究什麼呀，有特別想去的地方嗎？」

「我想去看兔斯特的遊行。」

兔斯特？約書亞頭一歪，好像是這個主題樂園的吉祥物。他剛剛也有看到白火想和沿路上的兔子布偶裝合照，只是隨後被ＡＥＦ攪局，就罷手了。

「啊，不好意思，都只看我想看的東西……」白火這時才發現自己太入迷了，「約書亞有哪裡想去的地方嗎？我們一起走吧。」

「我也是第一次來，就去白火想去的地方吧。我剛剛碰巧看到告示牌，等等這裡會有兔斯特的遊行喔。」

「真的嗎？我要要！」

「我記得差不多是這個時間……」

約書亞看了一下手腕上的錶，尚未確認時間時，就聽見模擬成童話故事風格的街道遠處走來了行進樂隊，「啊，剛好走過來了。兔斯特在那裡。」

「真的耶！」白火興奮的露出笑容，看來他們腳下站的就是遊行的行進路線。她連忙抓著約書亞退到一邊去，站在最能一覽遊行列隊的好位置上，等待兔斯特的到來。

過了一會，兔斯特列隊、其他吉祥物以及花車等等隊伍就伴隨著音樂與舞蹈塞滿街道，並排在兩人眼前。

「能這樣一起出來玩，好開心喔。」雖然不懂那兔子管弦樂團究竟有何魅力，約書亞光是看到白火露出笑容，他也像是被傳染似的笑了。

「好想和兔斯特合照……」

「白火？」約書亞聽見白火的自言自語，她音量雖小，但還是被聽力敏銳的他聽見了，「這樣啊？我知道了。」

約書亞原本就赤紅的眼瞳轉瞬間閃出異於平時的血色光芒，衣服下的胸口處暈染出柔和白光。他手一揮，遊行隊伍中央的其中一隻兔子布偶竟然不自然的晃了一下，朝白火走了過來。

詭異的是，率先行動的不是兔子布偶，而是布偶腳下的影子。

「咦、怎麼走過來了？」白火看著迎面而來的兔斯特，儘管高興，但總覺得有點不對勁。

「我幫妳拍照吧，來，看這裡。」約書亞拿出手機，抓準鏡頭後拍了幾張照。

脫隊的兔斯特娃娃在拍完照片後像是解脫束縛似的，笨拙的動作回歸靈活，馬上轉身回到遊行隊伍中。

白火一頭霧水的皺起眉，卻馬上猜到是怎麼回事——有人操縱了兔斯特的影子。

「約書亞，你使用烙印的力量了？」

「嘿嘿。」

「不行這樣啦，被發現了怎麼辦！」

「我看妳好像很期待兔子會過來……生氣了？」

「也、也不是。」不如說兔斯特走過來的瞬間，她差點想直接撲上去了。白火乾咳了幾聲裝作鎮靜，「我很高興，但是下次別再這樣做了，會給人帶來困擾的。」

「嗯，下次再一起過來玩吧！」

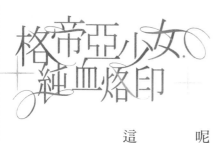

「你到底有沒有在聽我說話啊……」

遊行差不多告一段落後，街道另一端有人朝著這裡揮揮手。

「喔！找到了找到了，白火妹妹、約書亞老弟——玩得還開心嗎？」安赫爾笑嘻嘻的走過來，總是身穿白袍的他難得換上便服，眼睛下方的烙印為了不引起路人好奇，平日外出時總會戴著眼罩。

只是配上如絲綢般的銀白色柔順髮絲、寶藍色的眼珠子以及高䠷的身材，就算再怎麼打扮輕便，還是顯眼。

「剛剛看了遊行，也和兔斯特合照了。」白火笑著說：「局長呢？」

「局長年紀大了，不適合激烈設施呀，正在考慮要不要到荻通訊官那裡去打發時間呢……啊。」安赫爾眼神正好瞄到某樣東西，「那個的話倒是可以嘗試。」

白火和約書亞順勢抬頭一看，是超越三十層樓高的超大摩天輪。

「走吧，白火，好像很好玩！」約書亞從入園以來就對那個超高摩天輪抱有興趣，這下機會來了，他馬上抓著白火和安赫爾跑了過去。

反正也逛累了，摩天輪裡頭正好可以坐著休息一下。

平日人潮不多，他們很快就坐進摩天輪的包廂裡，看著窗外景色漸漸下移。

白火沒有懼高症，但是看著化為螞蟻大小的地上行人，她還是不禁吸一口氣，「公元三千年的摩天輪也太高了吧……」還是說摩天輪都是這種高度？

差不多升到最高點時，安赫爾拍了一下包廂中央的按鈕與操縱桿。

「其實這個摩天輪還有個玩法，看仔細囉。」安赫爾按下按鈕，簡單挪動了一下操縱桿。

「刷」的一聲，「嗚哇啊啊！」白火身子一搖，差點摔到椅子下——摩天輪的運轉速度竟然隨著安赫爾的操縱加快，以三倍快的速度運轉。

掛在摩天輪上的車廂晃動搖擺加劇，白火狼狽的爬回位子上，「怎、怎麼回事？」摩天輪突然飆速已經很恐怖，但是眼前的安赫爾和約書亞竟然不動聲色的穩坐在椅子上，更是恐怖到讓她起了雞皮疙瘩。

「我來看看喔……」約書亞像是置身事外般，淡然到詭異的攤開導覽手冊，「這個摩天輪有一個特別車廂，車廂內有按鈕和操縱桿，可以自由控制整座摩天輪的速度。」

「沒錯，就是這樣！這可是兔斯特樂園的人氣設施。然後我們很幸運的坐上特別車廂啦。」

安赫爾再把搖桿推到最底，摩天輪頓時像是脫水機那樣加速旋轉，好不容易爬回座位的白火又被慣性影響滾到對面的地板上，頭撞到椅子，差點吐血。

「哇，好快喔，真有趣。」約書亞看著窗外轉瞬即逝的景色，爽朗的笑了。

「是吧是吧！局長我也這麼覺得。雖然刺激設施對心臟不好，但是這個真的讓人欲罷不能嘛。這種掌握他人生死大權的快感真是超讚的。」

「這也太危險了吧，安赫爾快點住手！還有約書亞不要說風涼話！」這兩個傢伙真的是正常人類嗎！白火連滾帶爬的緊抓住安全握把。

「可是機會難得耶，妳當真不試試？」安赫爾躍躍欲試的指了指按鈕，「有初學者專用的迴轉壽司模式，還有挑戰極限的洗衣機脫水模式，妳想要哪個？」

「開什麼玩笑！我哪個都不要啦！」白火貼在玻璃上求救：「快點放我出去！」這和她心目中的摩天輪不一樣啊！這是身兼離心力脫水機的風火輪吧！

高速摩天輪又轉了一圈，白火隨便猜也能猜到其他車廂的乘客應該已經暈到吐了，公元三千年的人是腦袋燒壞了嗎？竟然想出這種鬼設施，還給她那個充滿愛與夢想的遊樂園啊！

就在白火開始猶豫要直接燒壞車門逃出去，還是乾脆燒掉安赫爾的腦袋阻止這場鬧劇時，車廂門竟然「刷」一聲自己打了開來。

高空的冷風灌了進來，一位青年像是貓咪似的輕巧踏入摩天輪車廂裡。

——這裡可是三十層樓以上的高度，這人到底是怎麼闖進來的啊？

白火還沒問出口，看到青年頭上的黑色禮帽就得到了解答。

「真是個美好的午後時光，天氣宜人，景色一覽無遺呢。」諾瓦爾一手抓住門緣，依舊風度翩翩的行禮，並且補了一句：「只是速度有點讓人措手不及就是。」

「諾瓦爾！你怎麼會在這裡？」

「我看見摩天輪竟然變成了高速脫水機，就在猜應該和妳有關。」他用蜂蜜色的眼瞳瞄了罪魁禍首安赫爾一眼，又看向白火，「事實證明果然沒有錯，畢竟妳的運氣向來不太好嘛。」

「……」

「好了，第二分局的局長和新任科長，白火就借我一下啦。」諾瓦爾飛快的環住白火的腰，脖子側邊的烙印閃著光芒。

他在離別前還九十度彎腰行禮，並像是施展魔術似的手一揮，上一秒空無一物的掌心竟然出現了黑檀木短杖。

諾瓦爾將短杖前端的凹陷處掛上摩天輪外的天空，白火這時才發現，天空上布著肉眼看不見的操偶線。

「那麼，失陪了。」

諾瓦爾邪魅的眨了一下琥珀色眼睛，抓著白火，短杖鉤上銀線，像是溜滑索那樣滑向車廂外的高空。

稍早已經體驗過風火輪旋轉的白火，如今又來個無安全繩高空吊索滑行，現下只能臉色慘白，整個人虛脫的掛在諾瓦爾身上。

「沒事吧？」諾瓦爾一邊滑著滑索，一邊低頭輕聲道：「振作點，我可是救妳出來了喲？」

「這和我心目中的遊樂園……」完全不一樣。

白火閉上嘴，她連說話的力氣都沒了。

「啊，好像一波未平一波又起，白火。」

「什麼？」

諾瓦爾沒有回話，反倒是無預警的墜落感給了答案。

他用來充當滑索吊帶、滑過鋼索絲線的短杖，像被子彈打穿似的，「啪」一聲斷成兩截。失去了滑索媒介，他當然兩手一空，和白火直接來個超級高空彈跳自由落體——沒有綁繩子的那種。

兩個人如同剛才被踹下雲霄飛車的該隱那樣，從十層樓高空急速落下，寒風與壓力讓皮膚顫抖，白火差點咬到舌頭。

「這次又怎麼了啦——！」白火像是旱鴨子抱著浮板那樣，死命巴著諾瓦爾尖叫。

「看來是某個視力很好的狗狗看到我們關係親密就吃醋了，直接開槍把短杖打穿一個洞。」諾瓦爾就算在這種臨死關頭也不改悠哉態度，「哎呀哎呀，能和妳一同殉情，我這輩子也算值得了。」

「少開玩笑了，快點想想辦法！誰要和你一起死在這裡啊！」

白火剛剛還在猜雲霄飛車那裡究竟是掉了什麼灰塵下來，這下好了，如今她也成為灰塵的一分子。

「妳要我想辦法，我也無計可施呀，我又不會飛……啊。」諾瓦爾話說到一半，閉上嘴。他恰巧看到一隻飛龍翺翔在空中，遊樂園裡竟然有這種生物，逼真的怎麼看都不像是特效或布偶。

這麼說來，他記得管理局裡好像有隻龍族的樣子，剛剛也聽說雲霄飛車軌道那裡有道怪影子，不會就是這傢伙吧？

「總之，翅膀借我一下啦，龍先生。」諾瓦爾輕撫一下脖子上的烙印，並朝遠方的飛龍射了什麼東西出去。

「你是蜘蛛人嗎！」

「您真愛說笑，我只是隨處可見的一介平民。」

白火勉強睜開被風吹瞇的眼睛，諾瓦爾拋出去的是尖端有著鉤爪的銀色絲線。銀色絲線飛向遠方的龍——也就是朔月的頸子，在他膚質粗糙的頸子上繞了好幾圈。支點固定以後，諾瓦爾和白火總算脫離粉身碎骨的危機，像是鐘擺似的朝朔月盪了過去。

畢竟是巨大的龍族身形，朔月就算脖子被操偶線纏了好幾圈，又加了兩個人的重量，似乎也不以為意的繼續揮動著翅膀。

「就這樣，白火，祝妳有個美好的午後時光。」

諾瓦爾這次稀奇的放了長線，直接將白火送到最近的某棟高樓上。看來他這次真的沒打算擄人，只是順手把白火從安赫爾那個泯滅人心的惡鬼手裡救出來而已。

雖然途中跑出了個開槍的程咬金。

白火還來不及道謝，就看見諾瓦爾搭著朔月的順風車，消失在她眼前。

艾米爾坐在模擬競速賽車的碰碰車中，副駕駛座上的人是芙蕾。

公元三千年的擬真特效技術將園區布置成猶如真正的賽車場，要是白火那個二十一世紀舊腦袋在場，絕對會嚇得目瞪口呆。

艾米爾繫好安全帶，不改平時笑吟吟的面容，凝視著前方停駐的車輛。

至於把車子停在他對面的人是誰嘛——

「難得休假，咱們就不計前嫌，和平共處吧，伊格斯特的金髮少年。」陸昂從對面的車窗探出頭來，示好似的朝他揮揮手。

「自從上次過後就別來無恙了呢。請多指教，陸昂先生。」

「要是被人說欺負弱小我也不太好意思，不然這樣好了，這次我就不使用招數。」

陸昂伸出印有蛇紋刺青的手，拿出不知是哪生出來的繃帶，將烙印纏起來。

先別管那樣是不是就能阻止烙印力量，應該說這樣一來就算刺青發光了也看不見，不過無所謂，艾米爾本來就沒有期許這名恐怖分子會信守承諾。

「艾米爾，這次絕對要讓那個恐怖分子嚐到苦頭。」芙蕾拉拉安全帶，眯起眼鏡鏡片下的雙眼，「車子撞爛了也沒關係，我來處理。」

「我知道了，請交給我吧，芙蕾小姐。」

於是乎，完全沒把其餘遊客放在眼裡，雙方的碰碰車對決一觸即發。

以碰撞為樂的碰碰車當然沒有規則可言，畢竟車身相互撞擊也不會出人命。然而這可是模擬成賽車場的公元三千年高科技遊樂設施，速度感和衝擊力都有一定擬真程度。

兩輛碰碰車面對面，艾米爾竟然在比賽開始的瞬間就把油門踩到最底，與陸昂擦身而過，直接飆到陸昂的車輛後方。他在轉動方向盤的同時，還甩了一下右手，拿出格帝亞烙印手槍，神態自若的把頭探到車窗外，朝陸昂的後輪轟了一槍。完全不顧遊樂園該有的禮節——不，應該說連槍械管制法也不管了。

「砰」一聲，陸昂的輪胎當場破一個洞，車輛失速打滑、轉了數圈，他好不容易才將車子停下。

「放心，只是空氣彈而已。」緩緩駕駛過來的艾米爾不改笑臉的說道。

陸昂抽抽眼尾，「你這卑鄙的死兔崽子，絕對是在記仇對吧！」

「若您說我是不忘本，我會更榮幸的。」艾米爾收起手槍，並朝副駕駛座的芙蕾徵求意見，「既然對方的車子都廢了，接下來該怎麼處理才好呢？」

芙蕾翻翻白眼，雖然那辮子男爆胎是滿大快人心的，但她總覺得比起ＡＥＦ，此時此刻，隔壁這位金髮少年才是貨真價實的恐怖分子。

「艾米爾，你開車風格還真狂野呢，現在的年輕人都這麼追求速度感嗎？」

「芙蕾小姐，您真愛說笑，我未成年怎麼可能會有駕照呢？」

「……」

談笑風生的同時，艾米爾駕駛的車輛竟然瞬間減速，失去控制般的轉了好幾圈，撞到賽車場的邊緣護欄上。

就在他以為是陸昂搞的鬼時，他探頭一看，發現賽車場內的所有車輛都是如此，不是失速就是電源被切斷，全部停止了動作。

賽車場頓時變成了停車場。

「這是怎麼回事？」

艾米爾和芙蕾默契十足的盯著儀表板，見鬼了，儀表板指針竟然像是羅盤被磁力影響似的失常旋轉。

某道車影閃逝而過，賽車場內唯一沒有被癱瘓的車子開向艾米爾和陸昂的中間。裡頭的駕駛打開車門，跳了下來。

「破銅爛鐵，你來這裡做什麼？」陸昂一看到下車的少年，不滿的「嘖」了一聲。

跳下車的是AEF的成員尼歐，也就是前陣子森林作戰時闖進管理局的生化人。

關於尼歐的身分，身為同事的陸昂並不是很清楚，他只知道尼歐也是時空迷子，基於某些原因而瀕臨死亡，被改造成生化人後奇蹟似的撿回一命，現在身體有八成左右是由機械組成。

既然身體有八成是金屬，臟器血管組織液什麼的多半都被抽乾了吧。倒是尼歐那草綠色短髮、蒼白無血色的肌膚和五官，就一個半無機物而言，還算挺精緻的。

「賺積分。」尼歐僵硬的轉向陸昂，「梅菲斯先生說他想要這所遊樂園的娃娃。」

「嘎？」他們家AEF的老大童心未泯想要娃娃？

「一比一等身大兔斯特娃娃，最近活動的積分商品，必須在各項競賽遊樂設施取得最高分積分才能兌換。」

尼歐連眼睛也不眨，紫水晶色的瞳眸直直盯著前方的積分板。非常好，刷新了紀錄。竄改系統、用電磁波癱瘓所有車輛的他一舉成為了碰碰車積分的冠軍。

尼歐像是炫耀似的又看了陸昂一眼，「這下，是我贏了。」

「干老子屁事！這些被你廢掉的車你打算怎麼處理？」

「這不在我的行動方針內，先失陪了。」有回答跟沒回答一樣，尼歐腳一蹬，以不符合外貌的高超跳躍力踩在停止運轉的某輛車上，隨即又將車輛與場邊護欄當作支點，一連跳躍幾下，像是飛舞似的離開一片死寂的賽車場。

「我、吃不下了……」

路卡掩著嘴巴，腮幫子塞滿食物的模樣像是隻倉鼠，他勉強把最後一口食物吞下去後，整個人往椅背上躺，「不行了，世界再見，妳自己保重。」露出隨時都會蒙主寵召的悲慘神情。

餐桌對面的荻深樹一手拿著雞腿，另一手握住叉子叉著牛排，她的身邊還疊著可以用「塔」來計算的空盤。

荻深樹不計形象的將食物接二連三推進嘴裡，看見這副盛況，一起被抓來主題餐廳的櫻草看得有點反胃。

「路卡小夥伴，別說這種話嘛，難得的主題餐廳耶，而且我們不是參加了什麼大胃王挑戰嗎？你想棄權喔？這樣沒辦法退費耶？」恐怖的無底胃通訊官用溼紙巾擦擦手，把空空如也的牛排鐵盤堆到旁邊，又叫了三盤義大利麵。

「我、我棄權，都給妳，獎品都給妳……快讓我回家……」路卡把白色餐巾蓋在臉上，比了個耶穌愛妳外加阿彌陀佛的手勢。

他當初到底是怎樣的鬼迷心竅，又死了多少腦細胞，才會答應荻深樹來餐廳吃飯的啊？難得放假出遊竟然得死在餐廳裡，死因還是撐死，別說消息傳到管理局會被恥笑，老家的人說不定還會專程跑來鞭屍。

神經再怎麼大條也看得出來對面的戰友即將陣亡，荻深樹乾脆把希望轉向旁邊的少女，「櫻草小夥伴，那不然——」

「不要，走開，別靠近我。」一樣是被她強行抓來的櫻草冷瞪她一眼，悶悶的吸著柳橙汁。看著荻深樹的無底胃橫掃千軍，等一下他們應該會被餐廳的服務生轟出去。這賠本生意也虧太大。

好不容易舒緩嘔心感的路卡拿下蓋在臉上的溼紙巾，無意識瞟向窗外的景色。主題餐廳位於高樓層，加上天氣晴朗，風景自然不錯，藍天白雲下，景色一覽無遺。

因此，兩眼視力二點零的他自然沒漏看橫掛在高空中的兩個人影。

「那是……白、白火？！還有那個貓眼混蛋！」路卡當場掀倒椅子站起來。

那個紅髮貓眼竟然抱著他僅有的晚輩在玩空中滑索！果然一副風度翩翩的姿態只是偽裝，從頭到尾都是來擄人的嗎？他氣到牙齒都在發抖，一甩頭就往餐廳門口衝。

櫻草也順著窗戶看過去，視力沒那麼好的她只看到兩個黑點在天空飄；埋頭苦幹的荻深樹就別提了，她的眼裡只有碳水化合物與蛋白質。

路卡不顧大樓人員的勸阻直接衝上樓梯，撞開鐵門來到大樓頂樓，「能見度高，風向良好，看我把你這恐怖分子打下來！」目測座標後直接左手一甩，召喚出黑色狙擊槍，卡在地面上直接瞄準高空中的黑點。

「砰」一聲，相當仁慈的他沒有瞄準諾瓦爾的頭，而是把諾瓦爾用來當滑索吊帶的短杖打一個洞。

路卡氣昏頭的單細胞腦袋當然是沒想到短杖斷了以後，白火只會來個沒綁繩子的自由落體而已。

果不其然，子彈射穿短杖後，紅髮貓眼和白火像流星一樣往下掉。路卡預估了一下墜落方向，快速離開餐廳跑到另一棟大樓。

「你要去哪啊？」櫻草乾脆追了上去，看來她也受夠荻深樹的大胃王餐桌了，趁機落跑。

路卡來到主題樂園的另一棟建築頂樓，果然看見白火正好降落在地面上，神情淒慘的像是從鬼門關繞了一圈。

「白火，妳沒事吧！」他衝過去扶住白火。

「路卡？」

「我剛剛看到妳被那個紅髮貓眼挾持住，飄在天空中。沒關係，我已經把那傢伙打下來了，妳有沒有怎樣？」

「……」

白火這下懂了，諾瓦爾剛剛說的「視力很好的傢伙」此刻就站在她眼前。

先別管路卡見義勇為的心態如何，這傢伙完全忽略後果，不管三七二十一直接把諾瓦爾打下來的舉動只讓她想哭。要是剛才沒遇到朔月而直接摔死，白火發誓她絕對會化為怨靈，纏到路卡一起陪她超生。

儘管路卡是出自於善意，白火心裡始終嚥不下這口氣——絕對要讓這差點害死她的娃娃臉狙擊手學到教訓才行。

「我們去鬼屋吧，路卡。」於是她掐著對方的衣領如是說。

「啊？啊？」路卡當場爆出慘叫：「白火，妳認真的？」

「給我過來！」

路卡就這樣哭天喊地的一路被拖去鬼屋。

「櫻草，過來幫我！」

玩鬼屋的遊客很少，用不著排隊，白火和櫻草一人抓一邊，把路卡塞進主題樂園的驚悚尖叫車廂裡，三個人入座以後列車馬上啟動。

「不要，不要啊啊啊啊啊啊！放我下去啊啊啊啊！」路卡的哀號聲響徹整個鬼屋空間，「我到底做錯什麼了！我剛剛不是還把妳從恐怖分子手裡救出來嗎？為什麼妳要恩將仇報！」

「你害我差點省略生老病死直接投胎了。」白火坦然看著隨時都要跳車的膽小鬼，可能是剛才闖過鬼門關的緣故，內心意外的平靜泰然。

驚悚尖叫鬼屋設計成煤礦坑道，燈光昏暗，他們乘坐的礦坑車緩慢的行駛，一路上顛簸不平，晦暗的光源有時候會集中在白火臉上。

「有、有鬼！白火妳好像鬼！」

列車轉了個彎，突然剎車，慣性讓路卡差點飛出去。

周圍出現可疑的背景音樂和畫面演出，原本對鬼屋興趣缺缺的櫻草說了句：「還挺有氣氛的嘛。」當然不是可怕，只是滿適合全家出遊的等級。

一位高瘦青年從角落的洞窟漫步出來，全身包裹著黑斗篷，戴著面具，應該是負責演出的工作人員。工作人員拿著演出用的鐮刀，一跛一跛的接近礦坑車。

「好可怕，是死神！為什麼礦坑裡有死神！這主題設定太奇怪了吧！我才二十二歲很年輕我的夢想還沒實現我還想活下去啊啊啊啊！」

「路卡，不要亂動啦！摔下去怎麼辦！」

「我想回家嗚嗚哇哇哇啊啊啊——！」

走過來的黑衣死神停在礦坑車前，不知道為什麼忽地動也不動，還若有似無的抖了一下肩膀。

工作人員的面具也是一片黑，莫非這是什麼即興表演嗎？白火盯著根本像是黑影的工作人員。

「我跟你拚了！」沒想到一個不注意，旁邊的路卡竟然甩開白火，他再次召喚出狙擊槍，打算當場來個超近距離擊破目標。

「路卡，你在做什麼……住手！櫻草，壓住他！」

眼看著槍口對準工作人員，白火撞開路卡的手，一個臨危反應，左手不自覺的召喚出火焰，「嗚哇，對不起！」她差點燒到工作人員的臉。

車內的三個人互相碰撞，一片混亂。路卡的狙擊槍伸出礦坑車一大截，槍口不小心擦到工作人員的面具。

「小心！」白火害怕他傷到人，連忙撲上前把槍口推開。

又是一陣衝擊與碰撞，「喀啷」一聲，有什麼東西掉了。

白火手上的火焰尚未消退，正好點亮工作人員的臉。原來剛剛掉下來的是面具。

看見工作人員失去面具的臉孔，車內的三人差點以為自己眼睛抽筋。

「暮雨先生？！」

「妳認錯人了。」披著黑斗篷的青年如是說：「我只是個普通的打工仔。」

「少騙我了，誰信啊！」

「為什麼科長會在這裡啦！肯定有鬼！你是誰？不要以為用這種三流戲法我就會信喔？你是把我們科長抓交替了嗎！」徹底崩潰的路卡放聲慘叫，甩開櫻草，再次把槍對準疑似是前魔鬼科長的打工仔，抖著手想扣下扳機，「我要替科長討回公道！」

打工仔就這樣觀察他們許久，遲遲不肯說話。

最後，他像是放棄與這群人類溝通，默默走到設施機關前，用力壓下某根桿子。

白火等三人搭乘的礦坑車瞬間高速暴衝。

「掉下去啦啊啊啊啊——！」那是什麼機關！工作人員可以這樣濫用職權嗎？

白火背對著前方還來不及轉頭，就感覺礦坑車向前暴衝，害她差點咬到舌頭。

先別管那個自稱是打工仔的暮雨了，她慌亂的轉回正面，才發現更慘——前面是出口，鐵軌竟然九十度朝下，兩旁還出現了奇怪的瀑布水道。

「大概是溜下去會噴起水花的那種吧。」全場最淡定的櫻草冷眼看著急速逼近的出口，光線增強，有點刺眼。

「不要那麼冷靜！妳還是人嗎？妳神經沒壞死嗎？剛才科長還顯靈耶！」

「我才剛來這裡沒多久，根本就不知道你們說的顯靈科長是誰啦！」

差不多就在礦坑車行駛到九十度斷軌前，洞口忽然有道影子跳了進來，高速衝到他們面前，一個腳步蹬到他們車廂上，當作支點「咻」一聲一躍而起。

白火馬上轉頭瞪過去，「是人？」

「又是什麼東西進來了啦！我想回——啊啊啊啊摔下去了啊啊啊啊！」

路卡話還沒講完，礦坑車剛好來到斷軌處，九十度朝下，筆直順著瀑布衝刺。

剛才突然從洞口闖進來的人影沒閒暇搭理墜落的白火三人，他踩著造景小水窪往裡頭奔跑，看到暮雨——應該說是看到某個打工仔後便停了下來。

「找到您了，最高積分紀錄保持者。」闖入的少年說道。

「……你誰？」

「您好，我是 DWN No.010。本名為尼歐．哈比森。可以稱呼我為尼歐或者十號，非常感謝您的合作。」自稱尼歐的少年乖乖敬禮，「我們梅菲斯先生表示想要主題樂園的一比一等身大兔斯特娃娃，該娃娃為積分商品，必須在各項競賽遊樂設施取得最高分積分才能換得。」

「啊？」好像聽到很不得了的名字，打工仔直覺不對，立刻甩掉工作人員用的斗篷和塑膠鐮刀，換成真槍實彈的烙印武器。

雖然他搞不太懂，但能踩著瀑布逆流而上、一舉跳上十樓高洞口的小鬼機器人，絕對不是簡單東西。

「因此我一直在尋找身為當前最高積分保持者的您，暮雨先生。」

「你認錯人了，我只是個普通的工作人員。」

「請把積分轉讓給我，感謝您的配合。」

尼歐伸出手，擁有機械嵌合紋路的掌心不知何時凹了一個窟窿，發出渦輪運轉的聲音，凝聚著光，那道光芒直接朝打工仔射了過去。

礦坑內光線薄弱，行動空間受阻，打工仔勉強閃了開來，撲空的光束撞到牆上，把洞窟上方射穿一個洞，岩石碎屑登時如雨點般窸窣落下。

打工仔轉身衝刺，首先得離開這個狹窄洞窟才能迎擊這個機械小鬼。他跑向白火他們剛剛連人帶車摔下去的九十度瀑布口，二話不說跳了下去。

「請留步。」尼歐追趕而上，面無表情的奔向洞口，腳下踩著水窪打算一起跳下瀑布，才發現——雙腳動彈不得，水窪和瀑布竟然轉眼間化為了冰塊。洞窟內的氣溫當場驟降。

同時間，一躍而下的打工仔早就揮舞著烙印鐮刀，於高空中急速下降，一邊勾勒出冰晶般的寒霜。以他為中心，整座設施的溫度立刻降低。鐮刀的刀刃劃上瀑布，水流倏地結冰，他又一甩武器，這次讓刀刃朝下，自己踩著鐮刀內刃支撐點，一路從瀑布冰塊上滑了下去。

尼歐眼睜睜看著最高積分的打工仔就要溜冰滑走了，看了一下自己掌心的渦輪，思考數秒後，把渦輪對準腳下的冰塊，重新發射一次高溫光束。冰塊當場被燒融，煙霧四起，重新踩回水面的他跳出洞口。

至於稍早之前快速降落到地面的白火一行人……

路卡已經不行了，完全回天乏術的淒慘狀態，被櫻草攙扶到休息區躺平。

而白火正打算離開現場時，目睹到十層樓高的礦坑出口傳出巨響，接著一道人影從洞口裡衝了出來，鐮刀凌空一斬，當場把瀑布結冰，相當愜意的溜冰滑了下來。

那人當然就是某位打工仔。

打工仔溜到一半，瀑布的冰就融了。

洞口又衝出一個少年，高喊著：「請把積分給我。」他在半空中反轉身體，賞了打工仔一記迴旋踢。

情勢瞬間由優轉劣，無法閃開的打工仔只好側身用鐮刀刀柄擋住踢擊，把損傷減到最低，從五樓高空一舉被踹到瀑布底層。

空中扭打的兩人幾乎同時落地，濺起白霧般的水花。

水花消散後，只見青年和少年分別佇立在水中，隔著三公尺遠冷冷瞪視著彼此。經過剛才打工仔的冰塊攻擊以及生化人的渦輪光束，鬼屋煤礦設施幾乎全毀，其他遊客正緊急疏散中。

無名打工仔不帶溫度的盯著尼歐，問了個相當哭笑不得的問題：「你防水嗎？」

「已經過多項除錯測試，十公尺以上的水深不是問題，請無須擔心。」

「那就好。」

雙方像是理解什麼艱深真理似的彼此頷首，再次展開未完的大戰。

旁觀者的白火傻了，徹底傻在原地，「暮雨先生，您到底是為什——」

「妳認錯人了。」閃過尼歐攻擊的青年跳到空中，惡狠狠的瞪過來，「我只是個普通的打工仔。」

「……」

場面一片混亂，四處是遊客的悲鳴與逃難腳步聲，加上遊行動線尚未撤收，還有不少位兔斯特工作人員以及機械遙控人偶到處竄逃。主題樂園登時變成人間煉獄。

反倒是幾個不識相的傢伙逆流著逃難人群，悠悠走過來，拿了盒爆米花就坐在長凳上吃。

「哇塞，那不是我們家暮雨老弟嗎？怎麼在這種地方啊？」這傢伙不是死都不想來嗎？好久不見了還是一樣欲拒還迎。

神出鬼沒的安赫爾蹺著二郎腿，一邊看著自家兄弟在空中表演，一邊大笑：「荻通訊官，還有多的嗎？」

「拿去吧，我把整臺車都包下來了。」身旁的荻深樹把整盒爆米花塞給他，不知道從哪裡又摸出一包，「暮雨小夥伴別輸啊！是說你不是在禁閉中嗎？適時出來透透氣也是不錯啦，欸嘿嘿嘿。對了，約書亞小夥伴，要吃嗎？」

「感謝妳的好意，不用了。」約書亞笑著婉拒。

「嗯，真是個美麗平靜的午後。」紅髮貓眼也不分敵我的湊過來看熱鬧。

空中的打工仔轉身，鐮刀一揮，發出的青色寒氣筆直衝向尼歐的後頸。或許是對外殼金屬的堅硬度頗有自信，尼歐連閃都沒閃，就這麼承受直擊。

鐮刀發出的風壓撞擊尼歐的脖子，發出清脆的「咚」一聲，隨即朝兩邊分散，撞上瀑布山，削落了幾塊岩石。

其中一塊岩石掉下來，差點砸到逃難中的兔斯特機械人形娃娃。不過兔子其中一邊的耳朵可就沒這麼幸運了，當場被砸碎。

那瞬間，白火隱忍許久的最後一條神經終於斷裂。

「……你們這兩個傢伙，統統都給我適可而止——！」

白火衝向兩人，速度快的讓一旁嗑爆米花的觀眾差點噎到，那全身著火、光速衝刺的姿態根本稱得上是瞬間移動，可以刷新世界紀錄了。

她左手冒出至今為止從未見過的劇烈火光，一個越步飆到青年與少年之間。火焰與熱度像是她的足跡般隨其而行，化為火舌包裹住整座設施。

至於為什麼能形成包圍住他們的火圈嘛，因為瀑布已在前一刻被蒸發光了。

現場蒸氣騰騰，白火相當公平的朝兩人狠狠一瞪。

「遊樂園可是愛與希望的地方，連這點也不懂嗎？少在那邊破壞我的興致，無可救藥的蠢貨！」

「……」機器少年閉上嘴。

「……」無名打工仔呆愣了幾秒，「……無可救藥的……」蠢貨。

事後，兔斯特主題樂園的騷動告一段落。

搶積分的尼歐不知怎的一改態度，當場消匿了身影；疑似是暮雨的打工仔也在一片慌亂中消失得無影無蹤；最後是白火，當發覺自己竟然化身成地獄來的惡鬼，她滿臉通紅，一面發出不明所以的哀號，極度慚愧的逃離現場。

看著比電影還精采的動作片完美落幕，某紅髮貓眼滿心喜悅的頷首，「果然是個美麗的午後。」

★※★◎★※★

兔斯特樂園風波結束後又過了幾天，某個夜晚——

白火就寢前，房間窗戶傳來了敲打玻璃的聲音。早就麻木登窗造訪這件事，她不以為意的打開窗口。結果進來的人不是諾瓦爾，竟然是暮雨。

暮雨扛著某個毛茸茸的東西跳進窗裡，洩憤似的把東西扔到房間角落，看來心情不大好。

白火看那毛茸茸的填充絨毛玩具被用力摔到地面，反彈了一下又倒回牆上——是主題樂園的一比一等身大兔斯特娃娃。

「是我贏了。」暮雨凶狠的瞪了白火一眼。

「啊？」

「哼。」然後他冷哼一聲，頭也不回的走了。

白火看了看房間裡多出來的巨大兔斯特娃娃，又轉頭看了看空無一人的窗外，一臉納悶，「他在生什麼氣啊？」想破頭也想不出來，索性關燈睡覺。

至於今後主題樂園售票處貼上「狗與時空管理局員工禁止進入」的斗大告示牌又是怎麼回事，直到今日仍是管理局內不解的謎題之一。

番外《管理局與ＡＥＦ的員工出遊》完

敬請期待更精采的《格帝亞少女～純血烙印05》

變態靈異學院
Novel 蝙蝠 × Illust TaaRO
Vol.4 END
入你口更揪心
世上只有你懂我、
我懂你，所以……
全套四集，全國熱賣中！
蝙蝠老師★補完計畫・新番外「畢業與離婚」
名繪師
TaaRO、非光、夜風、花信、生鮮P共襄盛舉！
典藏閣
華文聯合出版平台 www.book4u.com.tw
采舍國際 www.silkbook.com
不思議工作室_ 立即搜尋
版權所有© Copyright 2017

網遊系作者蒼漓★超新星繪師生鮮P、touko聯手打造經典虛擬網遊世界
幻魔降世
Shaswahn Story Online II
返創世★我們在這裡等你
「我一直都在，在哥哥心裡，在哥哥的回憶裡。」
扉空從崩潰中重新站起，回歸那座美麗的世界，
踏上青玉曾走過的旅程，沒想到看見的竟是……!!!
「哥哥，請你，一定要過得幸福。」
「扉空哥，我不怕被吃豆腐，來抱著我哭吧！」
「科斯特～I ♡ YOU～」
全套七集，全國各大書店、
網路書店、租書店，持續熱賣中！
勇敢迎向未來——
新旅途、新朋友、新世界，遊戲重新啟動！
典藏閣
華文聯合出版平台
www.book4u.com.tw
采舍國際
www.silkbook.com
不思議工作室_
立即搜尋
版權所有© Copyright 2015

飛小說系列 162

格帝亞少女～純血烙印 04

沒有影子的孩子們

出版者■典藏閣
作　者■響生　繪　者■高橋麵包
美術設計■Aloya
總編輯■歐綾纖
製作團隊■不思議工作室
郵撥帳號■50017206 采舍國際有限公司（郵撥購買，請另付一成郵資）
台灣出版中心■新北市中和區中山路 2 段 366 巷 10 號 10 樓
電　話■(02)2248-7896　傳　真■(02)2248-7758
物流中心■新北市中和區中山路 2 段 366 巷 10 號 3 樓
電　話■(02)8245-8786　傳　真■(02)8245-8718
ISBN■978-986-271-779-0
出版日期■2017 年 7 月
全球華文國際市場總代理／采舍國際
地　址■新北市中和區中山路 2 段 366 巷 10 號 3 樓
電　話■(02)8245-8786　傳　真■(02)8245-8718
新絲路網路書店
地　址■新北市中和區中山路 2 段 366 巷 10 號 10 樓
網　址■www.silkbook.com
電　話■(02)8245-9896
傳　真■(02)8245-8819

☞您在什麼地方購買本書？☜

1. 便利商店（______市／縣）：☐7-11　☐全家　☐萊爾富　☐其他______________
2. 網路書店：☐新絲路　☐博客來　☐金石堂　☐其他__________
3. 書店（______市／縣）：☐金石堂　☐蛙蛙書店　☐安利美特animate　☐其他____

姓名：__________地址：______________________________________

聯絡電話：__________電子郵箱：______________________________

您的性別：☐男　☐女　　您的生日：__________年__________月__________日

（請務必填妥基本資料，以利贈品寄送）

您的職業：☐上班族　☐學生　☐服務業　☐軍警公教　☐資訊業　☐娛樂相關產業
☐自由業　☐其他____________

您的學歷：☐高中（含高中以下）　☐專科、大學　☐研究所以上

☞購買前☜

您從何處得知本書：☐逛書店　☐網路廣告（網站：______________）　☐親友介紹
（可複選）　☐出版書訊　☐銷售人員推薦　☐其他____________________

本書吸引您的原因：☐書名很好　☐封面精美　☐書腰文字　☐封底文字　☐欣賞作家
（可複選）　☐喜歡畫家　☐價格合理　☐題材有趣　☐廣告印象深刻
☐其他____________________

☞購買後☜

您滿意的部份：☐書名　☐封面　☐故事內容　☐版面編排　☐價格　☐贈品
（可複選）　☐其他

不滿意的部份：☐書名　☐封面　☐故事內容　☐版面編排　☐價格　☐贈品
（可複選）　☐其他

您對本書以及典藏閣的建議____

____

____

✌未來您是否願意收到相關書訊？☐是　☐否

✍感謝您寶貴的意見✍

印刷品

$3.5
請貼
3.5元
郵票
不思議信箱
FUSIGI POST

235 新北市中和區中山路二段366巷10號10樓

華文網出版集團　收

（典藏閣－不思議工作室）

格帝亞少女
Goetia
純血烙印
04